致青春——『青春诗会』40年

伍

第一卷（第一届—第五届）
第二卷（第六届—第十届）
第三卷（第十一届—第十五届）
第四卷（第十六届—第十九届）
第五卷（第二十届—第二十三届）
第六卷（第二十四届—第二十七届）
第七卷（第二十八届—第三十二届）
第八卷（第三十三届—第三十六届）

《诗刊》社 编

中国书籍出版社
China Book Press

图书在版编目（CIP）数据

致青春："青春诗会"40年：全八卷. 第五卷 /《诗刊》社编. —北京：中国书籍出版社，2021.5
ISBN 978-7-5068-8464-8

Ⅰ. ①致… Ⅱ. ①诗… Ⅲ. ①诗集—中国—当代 Ⅳ. ①I227

中国版本图书馆CIP数据核字（2021）第079952号

致青春——"青春诗会"40年：全八卷·第五卷

《诗刊》社 编

图书策划	王晓笛　武　斌
责任编辑	成晓春
特约编辑	罗路晗
责任印制	孙马飞　马　芝
装帧设计	旺忘望
出版发行	中国书籍出版社
地　　址	北京市丰台区三路居路 97 号（邮编：100073）
电　　话	（010）52257143（总编室）（010）52257140（发行部）
电子邮箱	eo@chinabp.com.cn
经　　销	全国新华书店
印　　刷	三河市华东印刷有限公司
开　　本	880毫米 × 1230毫米　1/32
字　　数	186千字
印　　张	7.75
版　　次	2021年5月第1版
印　　次	2021年5月第1次印刷
书　　号	ISBN 978-7-5068-8464-8
定　　价	480.00 元（全八卷）

目录

第二十届

处境 / 孙磊……4

光线 / 叶匡政……8

群树婆娑 / 陈先发……10

赴桃园 / 盘妙彬……12

掩埋父亲 / 周长圆……14

每块石头都有受孕之心 / 徐南鹏……20

鱼 / 刘以林……22

沿着铁路 / 王太文……24

坐在田埂上的父亲 / 刘福君……26

水边 / 叶丽隽……30

玻璃器皿 / 阿毛……32

向黑暗讨要一只苹果 / 川美……34

天空从来没有像在稻田上这样湛蓝
——南屏关麓·第二十届“青春诗会”综述 / 魏峰……36

第二十一届

微小的火焰 / 郁笛……50

夜宿华藏寺 / 梁积林……52

那是我经常下跪的地方 / 陈树照……54

甜卡车 / 谢君……58

石头盖着雪 / 晴朗李寒……60
一只蝴蝶 / 曹国英……64
出场 / 李见心……68
岁月 / 周斌……74
黄麻岭 / 郑小琼……78
我踏上了落叶缤纷的小路 / 邓诗鸿……80
缓慢地爱 / 唐力……84
一群蚂蚁在山上爬着 / 姚江平……88
秋分 / 金所军……92
突然的云 / 王顺彬……96
“诗”绸之路：汉语拼音字母里的新疆诗旅
——南疆·第二十一届“青春诗会”散记 / 杨墅　魏峰……100

第二十二届

一年 / 孔灏……120
灯塔博物馆 / 高鹏程……124
悲伤总随着夜幕一起降临 / 邰筐……128
大仓桥 / 徐俊国……130
暗夜诗章之三 / 宗霆锋……132
母亲 / 哥布……136
母水（长诗之二） / 成路……140
一个挖沙螺的人的姿势 / 黄钺……144

萝卜　萝卜 / 霍竹山 ……148
出太行记 / 吴海斌……152
有所谓 / 单永珍……154
黑哨 / 杨邪……158
恒河：逝水 / 苏浅 ……162
风骨 / 娜仁琪琪格……164
沉默者 / 李小洛……166
空镜子 / 李云 ……168
钓 / 樊康琴……170
我亲历的第二十二届“青春诗会” / 洪烛……174

第二十三届

夜晚的羞愧 / 熊焱 ……182
那年 / 商略……184
父亲有好多种病 / 唐诗 ……188
淘金者 / 胡杨 ……192
麦苗 / 成亮……194
春天向北，秋天向南 / 尤克利 ……198
一只蚂蚁来到树上 / 孙方杰 ……202
蝴蝶效应 / 周启垠……206
孤独 / 宁建……210
飞越群山的翅膀 / 阿卓务林 ……212

与落日书 / 许敏 ……………………………………214
一定，是有些心动 / 包苞 ……………………………218
匿名 / 南子……………………………………………220
瑜伽　瑜伽 / 胡茗茗 …………………………………222
鲜活的鱼籽 / 马万里 …………………………………224
秋天 / 邓朝晖…………………………………………228
汉字 / 李飞骏…………………………………………232
北京天空的金秋亮色
——北京斋堂第二十三届“青春诗会”侧记 / 唐力 …235

青春诗会

第二十届

2004

第二十届（2004年）

时间：

2004年9月22日～27日

地点：

安徽黟县南屏关麓中城山庄在前台—江西南昌建设宾馆

指导老师：

李小雨、周所同、大　解、大　卫

参会学员（14人）：

孙　磊、叶匡政、陈先发、盘妙彬、周长圆、徐南鹏、刘以林、王太文、刘福君、大　平、朱　零、叶丽隽、阿　毛、川　美

第二十届“青春诗会”学员合影。前排左起：大平、徐南鹏、叶丽隽、阿毛、川美；后排左起：盘妙彬、刘福君、孙磊、陈先发、王太文、周长圆、叶匡政、刘以林、朱零

诗人档案

孙磊（1971～　），诗人、艺术家。2004年参加《诗刊》社第二十届“青春诗会”。曾获第十届柔刚诗歌奖、2003年首届中国年度最佳诗人奖、首届新诗界国际诗歌奖提名、乐趣网评1979～2005中国十大优秀诗人奖、“2011零点非凡文学人物·诗人”奖等奖项。作品被翻译成英文、西班牙文、德文等。出版《七人诗选》(合著)、《演奏——孙磊诗集》《孙磊画集》《独立与寂静的话语》《中国当代新锐水墨经典——孙磊卷》《去向——孙磊近期诗作》《处境：孙磊诗歌》《无生之力》《孙磊诗文集》《刺点》《别处》《妄念者》等。现生活工作于北京、济南。

处　境

孙　磊

谈到自己，我无言。
无人感谢，腌制的形象。

300度镜片的视力，
含釉的玻璃。热泪涌出时，
有赤白的反光，
有一些景色突然被失去。
那是曾经的沉沦，
在他人眼里数次看到。

一种冲力，像推门的手，
在力量中几乎是冰凉的。

树影忠实，不当众揭开记忆的面纱，

耻辱写在脸上，写在
牙齿、唾液和喉咙中间。
它不直接恨你，不浑然说出
一夜的落叶。
低沉、慢、远，你知道，
整整一天我都在做准备，
微微渗汗，不哭。

除非那些叶子被丢在讲述之外，
腐烂。倔强。劈啪作响。

处境

说到自己，我无言。
无人感谢，雕刻的形象。
300度镜片的视力，
含釉的玻璃。热泪涌出时，
有赤白的反光，
有一些景色突然被失去。
那是曾经的沉沦，
在他人眼里数次看到。

一种冲力，像推门的手，
在力量中几乎是冰凉的。

树影忠实，不当众揭开记忆的面纱，
耻辱写在脸上，写在

牙齿、唾液和喉咙中间。
它不直接恨你，不浑然说出
一夜的落叶。
低沉、慢、远，你知道
整整一天我都在做准备，
微微渗汗，不哭

除非那些叶子被丢在讲述之外
腐烂、僵硬、劈啪作响。

2003.1—2003.6

孙磊手稿
2020.6.30

诗人档案

叶匡政（1969~　），诗人，学者，文化批评家。现居北京。1986年开始在文学杂志发表诗作数百首，著有诗集《城市书》《思想起》，文化评论集《格外谈》《可以论》《未必说》等。作品入选《中国第四代诗人诗选》等百余种诗歌选本。主编过《华语新经典文库》《非主流文学典藏》《独立文学典藏》《独立学术典藏》等多套丛书。获过台湾第一届双子星国际新诗奖及国内十多项诗歌奖。2016年入选“1917~2016影响中国百年百位诗人”。参加了《诗刊》社第二十届“青春诗会”。

光　线

叶匡政

微暗的床边
闪亮的针尖。外婆
飞针走线时安详、严肃的脸

针尖使人朴素，只缝补今日
它指向这里
指向人活着的地方

当外婆离去时
嘴里含满了茶叶
针尖使我可以忍受自己的幸福

为了亮一些，她移到窗前
一针一针地缝下去
永不复返

尖线

微暗的床边
闪亮的针尖。外婆
飞针走线时安详、严肃的脸

针尖使人朴素，只缝补今日
它指向这里
指向人活着的地方

当外婆离去时
嘴里含满了茶叶
针尖使我可以忍受自己的幸福

为了亮一些，她移到窗前
一针一针地缝下去
永不复返

1999.2.

叶玉琳 录于2020.6.30.

诗人档案

陈先发（1967~　），生于安徽桐城。1989年毕业于复旦大学。曾参加《诗刊》社第二十届“青春诗会”。主要著作有诗集《写碑之心》《九章》《陈先发诗选》，长篇小说《拉魂腔》，随笔集《黑池坝笔记》等十余部。曾获第七届鲁迅文学奖、华语文学传媒大奖、《十月》诗歌奖、中国桂冠诗歌奖、《诗刊》年度奖暨陈子昂诗歌奖等数十种。2015年获得中华书局等单位联合评选的“百年新诗贡献奖”。作品被译成英、法、俄、西班牙、希腊等多种文字传播。

群树婆娑

陈先发

最美的旋律是雨点击打
正在枯萎的事物
一切浓淡恰到好处
时间流速得以观测

秋天风大
幻听让我筋疲力尽
而树影，仍在湖面涂抹
胜过所有丹青妙手
还有暮云低垂
令淤泥和寺顶融为一体

万事万物体内戒律如此沁凉
不容我们滚烫的泪水涌出
世间伟大的艺术早已完成
写作的耻辱为何仍循环不息……

群树婆娑

（陈先发）

最美的旋律是雨点击打
正在枯萎的事物
一切浓淡恰到好处
时间流速得以观测

秋天风大
幻听让我筋疲力尽

而树影，仍在湖面涂抹
胜过所有丹青妙手
还有暮云低垂
令淤泥和寺顶融为一体

万事万物体内戒律如此沁凉
不容我们滚烫的泪水涌出

世间伟大的艺术早已完成
写作的耻辱为何仍循环不息……

2015.9

诗人档案

盘妙彬（1964~　），广西岑溪市人。1986年7月广西大学中文系毕业。主要从事诗歌写作。2004年参加《诗刊》社第二十届“青春诗会”。系中国作协会员。著有诗集《我的心突然慢了一秒》。获首届唐刚诗歌奖。现居广西梧州。

赴桃园

盘妙彬

竹风是老师的，虚怀若谷的，是大海无边的细浪
蝴蝶飞舞时，是音乐的，春之声或者
致爱丽斯

我心快到安静之地，白沙小路又添金色池塘
细浪还是细浪，微澜再生微澜

这是我爱人的故乡，大河开阔又会弯曲
远山奔腾又低头
竹风与山川一样，我爱，三者合一

天地悠然，风情各处，生活平实，我这样答友人问
今天之幸福
不在中途，不是开始，在抵达的路上

赴桃园

/ [illegible]

竹风是老师的，虚怀若谷的，是大海无边的细浪
蝴蝶飞舞时，是音乐的，春之声或者
致爱丽丝

我心收到安静之地，白沙大路又添金色池塘
细浪还是细浪，微澜再生微澜

这里我爱人的故乡，大河开阔又弯曲
这山奔腾又低沉
竹风与山川一样，我爱，三者合一

天地悠然，风情各处，生活平实，我这样喜爱人间
今天之幸福
不在中途，不是开始，在抵达的路上

第20届青春诗会作品

杨子 2020.7.2.

诗人档案

周长圆（1967~　），陕西镇平人。诗人、作家。参加过《诗刊》社第二十届“青春诗会”。出版有个人诗集《周长圆诗选》《朗诵安康》等。中国作家协会会员。现居陕西安康。

掩埋父亲

周长圆

父亲，我不能为你举行国葬。
你喜欢热闹
我就依你
我请两套锣鼓
一套在棺头开路
一套在棺尾断后
朝前走，那是极乐的天堂
朝后看，你一辈子的不如意
一阵锣鼓已把它敲掉

你喜欢宽敞
我就依你
你的坟头我会多垒几块大巴山的石头
用老家的河沙铺筑墓台

用云南著名的一块石头刻上你的名字
再栽几棵秦岭松
让你晾晒你那个世界的月光

你怕热
我就依你
五月的大巴山是有些热
你就到地下去乘凉吧

你爱出远门
我也依你
我让你睡在大路边上
朝东去就是湖北
向南走就是四川
那是你的祖籍
我让一对河南的石狮子为你把门
你想去哪个省就去哪个省

你说你一辈子挪不开大巴山这个窝
我还是依你
我让你头枕青山脚踏稻田
到了明年，大片的水田
你的子孙们，每插一株秧苗
就会给你叩一次头
他们一边劳动
一边祭奠，多好

那时你要爬起来看一眼
就像你在世时
喜欢拄着拐杖笑眯眯地站在田边
一眼看穿，子孙万代
是如何在土地里，弯下身子
又抬起头来

掩埋父亲，
——阎长冈第二十届青春诗会作品

父亲，我们为你举行国葬。

你喜欢热闹
我就依你
我请两套锣鼓
一套在棺头开路
一套在棺尾断后
朝前走，那是晚年的天堂
朝后看，你一辈子的不如意
一阵锣鼓已把它敲掉

你喜欢崇高
我就依你
你的坟头我会多垒几块大巴山的石头
用老家的河沙铺筑墓台
用云南著名的一块石头刻上你的名字

再栽几株李子金松
让你晾晒你那个世界的月光

你怕热
我就依你
五月的大巴山是有些热
你就到地下去乘凉吧

你爱出远门
我也依你
我让你睡在大路边上
朝东去就是湖北
向南去就是四川，那是你的祖籍
我让一对河南的石狮子给你把门
你想去哪个省就去哪个省

你说你一辈子挪不开大巴山这个窝
我还是依你
我让你头枕青山脚踏稻田
到了明年，大片的水田

你的子孙们，每插一株秧苗
就会给你叩一次头
他们一边劳动
一边祭奠，多好

那时你要爬起来看一眼
就像你在世时
喜欢拄着拐杖笑眯眯地站在田边
一眼看穿，子孙万代
是如何在土地里，弯下身子
又抬起头来

2004.4.23

诗人档案

徐南鹏（1970~　），福建德化人。著有诗集《城市桃花》《大地明亮》《星无界》《我看见》《大鱼》《另外的一天》等，散文随笔集《大风吹过山巅》《沧桑正道》。创有个人公号“南鹏抄诗”。曾参加《诗刊》社第二十届“青春诗会”。曾获《诗歌月刊》年度诗歌奖、施学概文学奖等。现居北京。

每块石头都有受孕之心

徐南鹏

洪荒不过一瞬
时间一直流毒

每块石头都有受孕之心
炽热是深入的、持久的

有个声音，隐秘地喊：
悟空，悟空

每塊石頭、都有愛孕之心。洪荒不過一瞬，時間一直流毒，每塊石頭、都有愛孕之心熾熱，是深入的持久的，有個聲音隱秘地喊，悟空悟空

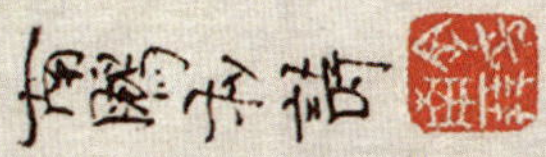

诗人档案

刘以林（1956~　），安徽凤阳人。行修者，诗人，艺术家，旅行家。参加《诗刊》社第二十届“青春诗会”。著有诗集《自己的王》等七部，其他文学作品《人生六悟》等多种。长期承担《读书》等多家杂志插图，出有数十本插图书。创作有美术作品雕塑、油画、钢笔画、国画等两万余件（幅）。

鱼

刘以林

一条鱼走过河底所有的淤泥并歌唱它们
在岸和淤泥之间，它崇拜河水
知道一条河有出发和到达
中间咆哮高飞的过程必有营养

一条鱼终生一丝不挂，亮着灵魂
一条鱼就是水中的月亮，它照亮河谷
把水里最暖的力量送给每一个亲人

魚　劉川林詩並書，詩刊二零零年第二十三期

一條魚走過河底所有的淤泥並歌唱它們
在岸和淤泥之間，它崇拜河水
知道一條河有出發和到達
中間吃喝高飛的過程又有營养

一條魚終生一線牽掛，亮着靈魂
一條魚就是水中的月亮，它照亮河谷
把水里最暖的力量送給夜一個親人

二零零四年三月二十八日，北京，河中的魚是水的靈魂 是河流的
懷籠和我們，看水的流——希望，

诗人档案

王太文（1969~　），生于山西长治。中国作家协会会员。曾参加《诗刊》社第二十届“青春诗会”。在《诗刊》《中国作家》《人民文学》《青年文学》《北京文学》《星星》《诗选刊》等刊物发表组诗。出版诗集《幻觉的天国》《几块崖石》《我站在我们边缘》。

沿着铁路

王太文

这是天堂的梯子
我是乞讨的孩子，在路上
空空的白纸是空碗
笔是筷子，乞求圣餐
贴着大地的梯子
它靠着峭壁，直指云霞
一个十六七岁的乡姑，散发垢面
迎面走来
她已从天堂返回
塑料袋里装着，捡来的
零星的几只空啤酒瓶
她幸福的表情，让我想哭

沿着铁路

王太文

这是天堂的梯子
我是乞讨的孩子
空空的白纸是空碗
笔是筷子，乞求圣餐
贴着大地的梯子
它靠着峭壁，直指云霞
一个十六七岁的乡姑，散发垢面
迎面走来
她从天堂返回
塑料袋里装着，捡来的
零星的几只空啤酒瓶
她幸福的表情，让我想哭

诗人档案

刘福君（1964~　），河北兴隆人。自1984年发表文学作品以来，先后在《人民日报》《文艺报》《诗刊》《人民文学》《十月》《星星》等报刊发表文学作品二百多万字。相继出版报告文学集《雾灵山人》，诗集《风雨兼程》《心语》《母亲》《父亲》《诗意毛泽东》《帅》《我乡下的中国》。诗集《母亲》获中国第二届徐志摩诗歌奖，2009年被《诗刊》社评为“新世纪十佳青年诗人”。系中国作家协会会员。曾参加《诗刊》社第二十届“青春诗会”。

坐在田埂上的父亲

刘福君

坐在田埂上的父亲
坐在随便一块石头或杂草的上边
抽烟、擦汗，歇一歇
干活的人
想法十分简单，像草
绿得简单，像云，白得简单

风吹过来
抽穗扬花的气息
在绿汪汪的田野上随便弥漫
下一场透雨是比天还大的事情
父亲的天就是庄稼就是庄稼想法
雷一样焦灼
雨一样渴念

坐在田埂上随便歇一歇的父亲
挽一把青草仔细地擦拭锄板
天黑之前，他想要锄完这片玉米
农谚里说：“锄头下有雨”啊
雨啊，你的想法离父亲还有多远

我是在远处看见父亲的
傍晚的风随便掀动哗哗的玉米叶子
像大海高低起伏的波澜
父亲又开始锄地，躬着腰
我是谁，我离父亲又有多远

坐在田埂上的父亲

刘福君

坐在田埂上的父亲，坐在
随便一块石头或杂草丛上也
抽烟、擦汗、歇一歇累
平淡的人想法十分简单，像草
绿的简单，像云白的简单.

风吹过来，抽穗扬花的气息
在绿油油的田野上随便弥漫
下一场透雨是比天还大的事情
父亲的天就是庄稼就是庄稼想法
雪一样焦灼，雨一样渴念

坐在田埂上随便歇一歇的父亲
拔一把青草仔细地擦拭锄板
天黑之前，他想要锄完这片玉米
农谚里说："锄头下有雨"啊

我是在田野散步时看见父亲的
傍晚的风随便掀动哗哗的玉米叶子
像大海，像浪涛泛起的蔚蓝
父亲又开始锄地，躬着腰锄地
如果我是雨，我离父亲又有多远

诗人档案

叶丽隽（1972~ ），女，生于浙江丽水。2004 年参加《诗刊》社第二十届“青春诗会”。著有诗集《眺望》《在黑夜里经过万家灯火》《花间错》，在美国出版双语版诗集《我的山国》。曾获第二届“中国天水·李杜诗歌奖”新锐奖、《芳草》第四届汉语诗歌双年十佳奖”、首届紫金·江苏文学期刊优秀作品奖《扬子江》诗刊奖、扬子江诗学奖、第十一届丁玲文学奖等。

水　边

叶丽隽

大雁低低地
擦过我们的头顶。黄昏也低低地
推过来白色的波涛
“变是唯一的不变”。在水边
除却了身上，所有的衣物
我们是闪亮的白银，即将升起
的月光，星辰
是水，回到了水

水边

叶丽隽

大雁低低地
掠过我们的头顶。黄昏也低低地
推过来白色的波涛
“变是唯一的不变”。在水边
除却了身上，所有的衣物
我们是闪亮的白银，即将升起
　　的月光，星辰
是水，回到了水

诗人档案

阿毛（1967～　），女，湖北仙桃人。诗人、作家。作品有诗集《我的时光俪歌》《变奏》《阿毛诗选》，散文集《影像的火车》《石头的激情》《苹果的法则》，长篇小说《谁带我回家》《在爱中永生》及阿毛文集四卷本（阿毛诗选《玻璃器皿》、阿毛的诗歌地理《看这里》、阿毛散文选《风在镜中》、阿毛中短篇小说选《女人像波浪》）等。诗歌入选多种文集、年鉴及读本。曾获多项诗歌奖。有诗歌被翻译成多种文字。

玻璃器皿

阿　毛

它的美是必须空着，
必须干净而脆弱。
明亮的光线覆盖它：
像卷心菜那么舒慵，
或莲花那么圣洁
的样子。
但爱的唇不能吻它，
一颗不能碰撞的心；
被聚焦的夜半之光，
华服下的利器！
坐不能拥江山，
站不能爱人类！
这低泣的洞口，
这悲悯的母性。
你们用它盛空气或糖果，
我用它盛眼泪或火。

玻璃器皿

阿毛

它的美是必须空着，
必须干净而脆弱。

明亮的光线覆盖它：
像春心荡那么舒畅，

或莲花那么圣洁
的样子。

但爱的唇不能吻它，
一颗不能碰撞的心；

被聚焦的夜半之光，
华服下的利器！

坐不能拥江山，
站不能爱人类！

这致命的洞口，
这悲悯的母性。

你们用它盛空气或糖果，
我用它盛眼泪或大。

2009年1月

诗人档案

川美（1964~　），女，本名于颖俐，辽宁新民人。中国作家协会会员。出版诗集《我的玫瑰庄园》《往回走》，散文集《梦船》和译著《清新的田野》《鸟与诗人》等。诗歌作品发表于《诗刊》《星星》《诗选刊》等杂志。诗作收入《中国年度诗歌》等多种选本。2004年参加《诗刊》社第二十届"青春诗会"。获"诗探索·中国年度诗人"奖。

向黑暗讨要一只苹果

川　美

如果黑暗不是一棵苹果树
为什么我总是嗅到苹果的香

我在黑暗的园中漫步
用比黑暗更黑的眼睛
寻找那只诱惑我的苹果
可是，我什么也找不到
除了黑暗
除了黑暗里若有若无的苹果树
除了苹果上黑暗的香

除了蜿蜒的河流以上帝的意志流淌
除了河上若有若无的苹果树的倒影
除了倒影——
诱人的黑和诱人的香

向黑暗讨要一只苹果

川美

如果黑暗不是一棵苹果树
为什么我总是嗅到苹果的香

我在黑暗的园中漫步
用比黑暗更黑的眼睛
寻找那只诱惑我的苹果
可是，我什么也找不到
除了黑暗
除了黑暗里若有若无的苹果树
除了苹果上黑暗的香

除了蜿蜒的河流以带的重、走、流淌
除了河上若有若无的苹果树的倒影
除了倒影——
诗人的黑和诗人的香

2004.9

天空从来没有像在稻田上这样湛蓝

——南屏关麓·第二十届“青春诗会”综述

本刊记者　魏　峰

2004年金秋。皖南。云在青天水在瓶，阳光有着初恋的味道，该开的花，都开了，能绿的树，都绿了。晚稻在田里等待镰刀，黄山在等待一群把文字分行的人。9月的最后一个礼拜，他们正拎着皮箱，怀揣诗稿，从伟大祖国的不同角落，赶赴黄山脚下的黟县——许多人，因为这次“青春诗会”，而知道“黑多”两字一抱成团，就读yī音了——他们中有政府公务员，广告公司经理，省文学院签约作家，报社编辑，个体经营者，公司董事长，骑破自行车上班下班的乡村医生，因为诗，他们被合并同类项了。胸中的热情，比秋日的天空更高。20、21日两天时间，十四位诗人，从陆地、空中，与他们心中的梦想，热情，信念，轻松，闲适一起，上车，下车，腾空，俯冲，最后汇聚在著名的世界文化遗产宏村、南屏、关麓所在地的中城山庄——一个有着稻田、松树、蛐蛐和不知名鸟啼的旅游度假村。在前台，十四位诗人在亮出身份证的同时，在一张白纸上，也签下各自的名字：周长圆、徐南鹏、盘妙彬、叶丽隽、王太文、陈先发、孙磊、朱零、阿毛、刘以林、大平、叶匡政、刘福君、川美。

9月22日上午9点30分，与北京大学联合召开的开幕式刚一结束，“青春诗会”全体与会者，来到另一幢楼的二楼会议室，在宽大的椭圆形桌子前，团团围坐，《诗刊》副主编李小雨以一篇热情洋溢的欢迎词撩开了第二十届“青春诗会”的面纱。

百年新诗站在何处？

来自北京的诗人刘以林，被大家私下里封为班长，他曾独自驾车走中国，后又优哉游哉游世界。有着温柔而谦逊的笑，嗨，别被他的笑所迷惑——笑里藏“招”哦。刘以林说：新诗还远远没有形成新高峰，此前所有诗人取得的成就都是极其有限的。最主要的表现有两点：一、新诗还没有获得表现生活的真正能力，它的审美力量未足以唤起普通读者的人生经验，人们对旧时代的唐诗宋词的信任仍然超过当下的时代新诗；二、总轮廓上的审美标准尚未出现统一，唐诗有唐诗的标准，宋词有宋词的标准，新诗也必有新诗的标准。标准的确立才会使诗与诗之间产生可比性。有可比性，整个社会才会产生合力共同鉴别优劣，新诗爬上高峰的仰角才会产生。

对此，来自北京的徐南鹏，对刘以林的看法“不敢苟同”。他说，以林先生所作出的这种判断的背后，以及更多的相关话题最原初的动机，无一不是想要把握方向。这种努力，在我看来，是十分多余的。一件事物总是处在它自己的发展过程中，诗歌也概莫能外。它处在沼泽也好，处在山坡也好，处在巅峰也好，对诗人来说是没有意义的。写诗的动机，不是为了创造历史。我觉得，只要我们看到，而且相信我们所做的事，一直在发展、变化，已经超越了前人，这就够了。

来自广西梧州的皮肤白皙得很南方的盘妙彬，操着广东话谈出了自己的观点：我以为时下诗坛更多的是浮躁和混乱，但方向在默默地趋成。

辽宁女诗人川美说，我理解以林先生对新诗处境的忧虑，但不同意他的说法。当下的新诗，每前进一步都是在向诗歌的理想地靠拢。诗歌与其他艺术门类一样，离不开本民族古老的文化之“根”，其艺术传承既体现在思想方面的价值向度上，也体现在艺术方面的技术技巧上。事实上，中国古典诗歌中的许多艺术手法今天仍在沿用，比如象征、比兴、拟人、白描、细节描写、重章叠句（现称复调）等，都是本土的，都可以在《诗经》《楚辞》、唐宋诗词中找到出处。接受过古典诗歌教育的人，通过它们，培养了根深蒂固的审美习惯。这些传统的艺术手法的运用，也有助于对新诗的解读。

道德力量是诗一面高扬的旗帜

陈先发，这个安徽诗人，对皖南自是一往情深，说了山清，说了水秀，说了胡适、陈独秀，也说了海子。先发一说起诗来，就控制不住语速，与其说是一个诗人，不如说他是个“愤青”。他对口水诗、下半身写作、垃圾派等现象的出现，严重不满，认为那是诗歌的一种堕落，现在新诗创作现状令人忧虑。

陈先发云：我们是有源头的人，我们应该重新理解并回到民族诗歌的传统中去。而在当下，民族诗歌传统中有两点值得坚守，一是它的强大的与自然对话的能力，它的原生性，它追求和谐的能力、追求内在气质的整体性的能力，能拯救当代碎片的、矛盾的、玩世不恭的写作方式；二是民族诗歌对时代现实、国家命运在高度介入后的最忠实的记述能力，有一种扎根生存状态、呈现人文关怀的道德力量。

长期从事农村、粮食、淮河灾难史等问题研究的陈先发，在接下来的发言中，尤其强调诗歌中的道德力量，他从农民的疾苦出发，呼吁大家写诗时，一定要站得更高，要有悲悯情怀，诗歌，应该体现一个诗人的道德力量。“农民群体很大，然而很孤单。我虽然关注农村，但很难表达出自己的感觉。诗歌是应该有教化作用的，应该是社会的一种引导力量，因为始自《诗经》的汉诗，是形成我们这个民族审美能力、情感体系和道德体系的主导力量之一。中国人的道德力量的形成，情感的形成，中国的诗歌是发挥了主导作用的。”

对于陈先发所说的回到传统去，近两年一直从事图书出版，且做出了不俗业绩的叶匡政，则结合自己的创作感受，谈了自己的理解。他说，15岁起，他就开始诗歌创作了，也读了很多圣贤书，现在是一个文化庞杂的时代，我们更要提倡对传统的回归，诗歌是有难度的事情，不管怎么说，诗歌要有境界，不管是古典的，还是现代的。回归传统，也并不意味着干巴巴的说教，或让你写假大空式的“干诗”，我们特别需要补课，尤其传统文化的课。

徐南鹏认为，道德不是诗歌固有的品质。但是，作为一个诗人，一个有良心的诗人，他要担起更多的社会道义责任，在自己的作品中灌注更多的教化力量，绝不是什么坏事。任何道德形式，都会规避社会中的部分人群，同时也在另一部分人群中失去效用。诗歌本身有自省的倾向，这也是道德力量的一部分。来自浙江的女诗人叶丽隽，做过中学美术教师，常以风事为笔名在网上晃悠。沉静、内敏的她，发言时却是一针见血：首先我觉得这个问题的提出就是非常态的，不论是对于诗歌，还是对于人。什么是道德？什么又是道德的标准答案？谁如果说清楚了，谁就可能是一个高调者。我只是相信，诗歌是培养道德底色的途径之一。诗人也是人，甚至，要更关注“活着”的人，他的身上就聚集了更多的普通人的共性：欲望、需求、向往、痛苦、苍茫、绝望……但这样才是真实的，是可感的，是人性的。诗歌要承担什么？是沿袭传统，崇尚道德力量，还是悲天悯人？在我看来，诗歌唯一要承当的应当是诗作者自己的心灵。

本次“青春诗会”特约编辑、诗人大解是原《诗神》杂志副主编，写诗，编诗多年，说话不紧不慢。他认为，现在是一个真正的百花齐放、百家争鸣时代，你可以有自己的写作诉求，但你这种诉求有时对别人也可能造成某种“强求”。大解说，严格说来，诗歌是没有确切的标准的，也许，这正是诗歌的魅力所在。

《诗刊》编辑大卫认为，在当代，强调诗歌中的道德力量是有一定道理的，也是需要的，但不能拔高，否则就成了一种姿态。其实，诗歌中的道德力量和悲悯情怀其实是有限的，它关注的对象往往是社会的弱势群体。这没有错，关键是，这种关注只能是诗歌题材的一部分。

大卫认为，诗歌本身所要承担的力量是有限的。诗歌创作更应该强调的是真实，更多地要关注一个人的心灵。每种题材，不管你怎么写，都要有心灵的力量。

针对大家的看法，《诗刊》编审周所同谈了自己的观点。他认为，优秀的诗篇除了遵循艺术创作规律、富于艺术资质和品格之外，还应该勇于面对责任的承担，对生活对当下发出自己的声音，在现实中找到自己的位置。当前不少诗歌作品只在语言和技术层面上用心用力，却忽略了对生活和现实应有的凝神或关注。作为一个诗歌编辑，我多么希望读到那些既有艺术品位，又有生活气息和真情实感的厚重之作；我也期待诗人向日益变化着的现实生活靠得近些再近些。与生活和现实保持同步，与人民的喜怒哀乐息息相关，才可能写出为广大读者所喜闻乐见的作品。

写什么？怎么写？

湖北诗人阿毛现在写起了小说，对诗歌确实又难以割舍，在诗与小说之间，她只能脚踩两只船。这个在诗会期间经常头疼的女子，发起言来掷地有声：现在诗歌不是讨论道德与否的问题，也不是无名高地与沼泽地的问题，而是写什么与怎么写的问题。

同时身为画家的山东诗人孙磊，一头印象派的长发。他用绘画术语来形象比喻自己的观点：笔墨当随时代。他认为，笔、墨就好比是诗歌的传统、诗歌中的道德力量。这种道德力量和悲悯精神的内涵，是随着社会发展而变化的。在当下，社会生活的复杂性就决定了创作的复杂性。

北京诗人大平认为，写什么与怎么写也不重要，最重要的是你有没有“吾手写吾心”。他认为诗人现在更要发出自己的声音。他对目前中国新诗的状况感到很满意。

陕西诗人周长圆，是站起来发言的，他强调的是自己的祖辈的农民身份，他在农村做过农活，吃过不少苦。他认为一首诗要有感情的力量，技术永远不能打动人，打动人的永远是你那一颗真诚的心。

叶丽隽对周长圆的说法进行了补充：记得一位获诺贝尔奖的科学家在受奖演说时这样说过：蛋白质分子首尾相连，构成了 DNA 的双螺旋结构，这其中的运作终有一天会被人们发现，然而人们何时才能真正解读自己的心灵？

对于口语诗，北京诗人朱零表示认同。他认为，口语诗对日常生活的描写，尤其是对细节描写是值得肯定的。有些口语诗，达到了相当高的境地。有些人以为口语诗好写，纯属误解，其实，口语诗难度更大，否则口语就成了口水。他强调诗的细节问题，写细节就需要敏感。诗人如果敏感，几句就能打动人。至于诗人应该表达什么内容，朱零认为没必要去苛求。

19 岁就写诗的刘福君，一直坚持“在低处向上歌唱”，从经济发展中的诚信问题，引发了真诚的重要性。他说，无论对生活，还是艺术，一个诗人，都要真诚。

王太文半天只嗫嚅出一句话：我写，是因为生命的不平静与不平衡。

对于青年诗人们的争论，李小雨表示理解。她说，走过了近百年历史的中国新诗，始终保持着它的先锋性和青年性，这是它的活力所在，也是容易引起争议的原因，新诗正是在探索、争论中前进的。而人类精神活动的深刻性即在于展示一种生存现实，展开认识世界和自己的生存空间，诗歌则为我们提供认识世界的可能性。现在最重要的是，一个写诗的人，大可不必把自己看得比什么都重要，他只是一个人，一个更需要诗的人，他不可能离开一种比生活和现实更强大的力量。

从安徽到江西

22日研讨会刚一结束，改稿会就紧张而有序地开始了。李小雨、周所同、大解、大卫像小组长一般，把分到自己名下的成员拎到手，然后，闭门修炼。面对这一批表面谦逊内心自命不凡的家伙，四位编辑他们各有各的套路，或集体讨论，或单个上课，或群起而攻之，或一个一个地车轮战，一时间，有的房子里欢声不断，有的房子里愁云惨淡——不过，笑声与愁云，风水轮流转。

23日上午，参观皖南著名古村落南屏、关麓、宏村、西递等名胜，下午和晚上继续改诗。

24日，全天饱览黄山奇美风光。

25日，一辆大巴从中城山庄出发，把与会诗人拉往江西，一路欢歌笑语不断。

本届诗会纵跨两省，两省诗歌互动。从瓷都景德镇去九江的路上，大家看了浮梁古县衙。在瑶里风景区，大家在古老的水车旁和老窑址旁大喊大叫，对着尚未开发美到纯粹的瑶里的水、树、鸟想认亲戚。

在景德镇去南昌的高速公路边，是已成熟的大片大片稻田，这些腰身很重的农作物，因为成熟而低着头，在稻田上面，天空，高而远——高得一尘不染，远得如在眼前。坐在车里、感叹，天空从来没有像在稻田上这样湛蓝。也许，是鄱阳湖的水，把风，洗轻了；把云，洗软了。

25 日晚抵达南昌，江西省作家协会副主席刘华与秘书长李晓君，设宴款待风尘仆仆的诗人们。是夜，下榻于省政府后门的建设宾馆。

26 日晨，与会诗人和江西诗人举行座谈会。李小雨对江西诗歌给予了充分的肯定，并向与会者介绍了此次"青春诗会"的情况，她说，这次"青春诗会"非常成功，"青春诗会"已成功举办了二十届，2004，对于"青春诗会"来说，是值得纪念也应该纪念的。为此，《诗刊》精心做了前期策划：一、与实力雄厚的中坤集团合办。二、与中央电视台、北京大学新诗研究所、中坤集团、黟县县委县政府联合举办诗歌朗诵会，会场选在极富地方特色的有数百年历史的叶氏祠堂，朗诵会由中央电视台 10 月 1 日播出。三、与江西方面联办，精心设计了一条浪漫的"诗歌之旅"，游完黄山，再看瓷都景德镇，最后穿九江，抵达英雄城市南昌，与江西作协联办"青春中国"大型诗歌朗诵会。此次"青春诗会"，《文艺报》与《文学报》均派出了记者全程跟踪采访。

26 日下午，与南昌的部分高校学生，在江西文联大礼堂举办了隆重的"青春中国"朗诵会。大学生们和与会的诗人们争先恐后上台朗诵，歌唱伟大的青春，讴歌伟大祖国的 55 周岁生日。

27 日上午，参观了南昌八一起义纪念馆、滕王阁、八一大桥、秋水广场等南昌著名景点。诗人们指点江山、激扬文字的手指，映在江西的红土地上。下午，全体与会诗人，踏上各自归乡的行程，怀揣诗的火种。

南屏关麓·第二十届“青春诗会”关键词

南屏关麓·第二十届“青春诗会”，必将以她鲜明的印记，走进当代诗歌史。

本届“青春诗会”的特点，可用“321”来概括。即：3个问题的提出(新诗的处境，道德力量的加强与否，写什么与怎么写)，2个省份(先是安徽，后到江西)，1个目标(写出好诗)。关于本届“青春诗会”，还有几个不得不提的关键词。

约稿：《诗刊》每期封二连续发布“青春诗会”征稿通知，并有选择地向一批诗人约稿。为了扩大选稿面，在一些优秀诗歌网站也发布了消息，一时间来稿者众。

选稿：公开，公平，公正。最后由编辑部集体定稿，定人。有时，为了一个人员的确定，争得面红耳赤。最后报请常务副主编终审通过。遵循一套严格的选稿审稿程序，最大可能地不错过每一份优秀稿件。最后在千余份来稿中，确定14人入围。至于没有入选的诗人作品，《诗刊》将在重点栏目推出。

互动：本届“青春诗会”与北京大学诗歌中心主办的“南屏诗会”穿插组合，青年诗人们与全国著名的教授、学者、诗歌批评家共同“我说新诗”，增强了联系，深化了诗会的理论主题。

黄山：这是第二次在黄山举办“青春诗会”，上一次是2002年，两次都看到阳光灿烂。以后，“青春诗会”与黄山将结下不解之缘。

花　絮

红色条幅：此次“青春诗会”的条幅，是一长达10米的巨型条幅，在会议楼前十分抢眼。会议结束时取下，每位与会者用墨笔在上面签名，此条幅由中坤集团中城山庄珍藏。在电影《菊豆》拍摄地南屏的“老杨家染房”里，诗友们也见到了这样垂挂下来的巨型条幅。

大料：北京诗人大平的口头禅，他每每喝酒时都要高呼：这次诗会有几块大料。至于哪几块大料，他避而不谈。此人会用意大利语唱原版歌剧，属于本届“青春诗会”著名男高音不跑调歌唱家。另外，大平还有两个口头禅：专业，有人气。所以，在他眼里，天，蓝得很专业，风，吹得很专业，因故，9月就很有人气了。

鼓掌：21日晚，在古村落叶氏祠堂举办诗歌朗诵会。央视的一个导演，一次又一次地要求鼓掌再鼓掌。大家掌都鼓累了，集体做了一次托，这些掌声回去后大有用场，现在再看电视，听到掌声，总以为那是自己的。

盘子：广西诗人盘妙彬，简称盘子。盘子所在的梧州没有直达黄山的车，转道广州时，在广州火车站，行李箱被窃。他说上车前他就有预感，要丢东西，于是，把打印好的诗稿又重新拷了一张软盘随身带上。到黟县后，这才救了急，他说什么都可以丢，就是诗不能丢。老小子重又在黟县添置行头，新得像个要入洞房的什么什么郎。

三大：大解，大卫，大平。老大家三兄弟，在此相会。

瑶里：乃景德镇古窑址所在地，不被人知的一流风景区。山幽，风爽，一条小河侧身而卧，水，清得让人心疼，大平很想下水，看着他剽悍而雄性的身子，众人力劝不能下水，否则，就要污染水源了，最后大平只得作罢，怏怏地。

喜事：孙磊喜得贵子。朱零十一结婚。王太文工作调动，目前正赋闲，拿着工资，写诗。叶丽隽考入中国美术学院油画系。阿毛一部长篇小说即将在广州呱呱落地。《文学报》的小罗回到南昌，见到了“表哥”。大解平时不用手机，给其夫人发短信，只能通过大卫的手机说：亲爱的，我想你。刘福君花果山庄的苹果坠弯了枝头，猕猴桃鼓得要受不住了，柿子红得越来越像柿子。十二月号《诗刊·青春诗会作品专号》也在印厂隆隆翻印……

金秋，该熟的都熟了。

2004.10.13

青春诗会

第二十一届

2005

第二十一届（2005 年）

时间：

2005 年 10 月 9 日 ~ 19 日

地点：

南疆

指导老师：

李小雨、周所同、大　解、大　卫、

参会学员（16 人）：

郁　笛、梁积林、陈树照、谢　君、晴朗李寒、曹国英、张　杰、李见心、木　杪、周　斌、郑小琼、邓诗鸿、唐　力、姚江平、金所军、王顺彬

第二十一届“青春诗会”期间学员们合影留念。前排左起：姚江平、陈树照、曹国英、郑小琼、木杪、李见心、张杰；后排左起：梁积林、王顺彬、唐力、邓诗鸿、金所军、晴朗李寒、谢君、周斌

诗人档案

郁笛（1964~　），原名张纪保，山东省兰陵县人。进疆从军十余年。现居乌鲁木齐。中国作家协会会员。出版《鲁南记》《惶然书》《坎土曼的春天》《石头上的毡房》《新疆诗稿》《在山顶和云朵之间》等诗歌、散文随笔集三十余种。2005年参加《诗刊》社第二十一届“青春诗会”。

微小的火焰

郁　笛

在黑暗中，我看见了火，像灵魂的闪光，
那条寂静的河流，水像夜一样冰凉。
我谨小慎微地贴着水面，不敢弄出一点声响，
我蹲在长满了芦苇和白杨树的浅浅的河滩。

望着黑夜里流淌的河水，我感到了孤独而又恐惧，
这是一条故乡的河流，那一星星的光亮
从树丛里飞出，从河岸边游向漆黑的深处，
多么微小的火焰啊，燃烧着时间一样持久的故乡。

现在，我重新回到了黎明的岸边——
从那些睡梦一样的回忆里。
多少年的时光啊，我从那个漆黑的夜晚
游到了沾满泪水的枕边

我看见了火，在黑暗中，找不见出处的微小的火焰，
我分不清楚这是一场梦，还是一次真实的回忆。

微小的火焰　郁笛

在黑暗中　我看見了光　像靈魂的火
那條寂靜的河流　水像你一樣冰涼
我謹小慎微地貼着水面　不敢弄出一點聲響
我蹲在長滿了蘆葦和白楊樹的淺淺的河灣
望着黑夜裏流淌的河水　我感到了孤獨而又恐懼
這是一條故鄉的河流　那一星星的光亮
從樹叢裏飛出　從河岸邊游向漆黑的深處
多麽微小的火焰呀　燃燒着　時間一樣持久的故鄉
現在　我看到回到了黎明的岸邊
從那些睡夢一樣的回憶裏
多少年的時光呀　我從那個漆黑的夜晚
游到了沾滿淚水的枕邊
我看見了火　在黑暗中　找不到出處的微小火焰
我分不清這是一場夢　還是一次真實的回憶

錄青春詩會舊作一首　庚子夏月　天山郁笛於烏魯木齊

诗人档案

梁积林（1965~　），甘肃山丹县人。中国作家协会会员。甘肃诗歌八骏之一。参加过《诗刊》社第二十一届“青春诗会”和第九届《诗刊》社“青春回眸”诗会。著有多部诗歌、小说作品集。获首届方志敏文学奖、第十七届黎巴嫩国际文学奖、中华宝石文学奖等多种奖项。

夜宿华藏寺

梁积林

风，赶着一群群羊群似的雪雾
爬乌鞘岭。那边
就是河西走廊……

……下半夜了，老店铺里
有两个碰杯的藏人，还没有把一盏灯光
干光

屋脊上又跳下了一声响。而
檐角上挂着的那块
月亮，被风吹得
响了一个晚上

夜宿华藏寺

梁积林

风，赶着一群群羊群似的云雾
爬乌鞘岭。那边
就是河西走廊……

……　下半夜了，老店铺里
有两个碰杯的藏人，还没有把一盏灯光
干光

屋脊上跳下了一声响。而
檐角上挂着的那块
月亮，被风吹得
响了一个晚上——

※刊于《诗刊》2018年9期，第九届"青春回眸"专号"代表作"。

诗人档案

陈树照（1964~　），河南光山县人。中国作家协会会员。迄今在《诗刊》《人民文学》《星星》等近百家报刊发表作品千余首。著有诗集《邂逅阳光》《梦在江南》《露水打湿的村庄》《远方》《空城》等五部。结集出版（入选各种年鉴及选本）六十余部。著有长篇历史小说《左宗棠收新疆》（合著）。曾参加《诗刊》社第二十一届“青春诗会”。2014 年获徐志摩微诗奖等多项奖项，2016 年入选博客中国“（1917—2016）影响中国百年百位诗人”。现居佳木斯。

那是我经常下跪的地方

陈树照

嫂子静静地走了
这个来我家我才三岁　父母早逝
把我抚养成人的女人
这个不让自己和孩子吃　让我吃饱
送我上学　给我背书包的女人
静静地走了　在一个寒冷的冬天
没让我回去见她最后一面
留在人世最后一句：
“让老三　在外面好好干”
也就是带着这句贯穿她一生的叮咛
静静地走了　再也不能对我生气
流泪或是说些什么了　再也不能站在村口
等我探家回来或送我出远门了
我只能用她抚养大的身躯　面对家乡

长跪不起　电话里　我不敢出声
我怕那年迈的兄长挺不过这一关
但最终还是痛哭失声　话筒那边
传来了从牙缝里挤出的抽泣：
“为什么曾经揍过她”可以想象
那个村里个头最高的男人　此刻
说这番话的重量　我没有往下问
知道嫂子睡在母亲的身边
那是一块山清水秀　风中飘花的油菜田
也是我经常下跪的地方

那是我經常下跪的地方

第二十一屆參會作品

嫂子靜靜地走了 這個來我家我才三歲 父母早逝 把我撫養成人的女人 這個不讓自己和孩子哭 讓我哭飽 送我上學 給我背書包的女人 靜靜地走了 在一個寒冷的冬天 沒讓我過去見她最後一麵 留在人世最后一句話 老三在外麵好好幹 也就是第 看貫她一生的叮嚀 靜靜地走了 再也不能對我生氣 流淚 我說些什麼了 再也不能站在村口等我探家回來 或送我出遠門了 我只能用她撫養大的身軀 面對家鄉——長跪不起 竟治襄我不敢出聲 我將無邊的思長積

不過這一次但最後還是神哭失聲！詩篇那邊傳來了山谷彼處掙出的抽泣為什麼會這樣是她可以想象那個村裏個頭最高的男人也剛說過雷語的金鑼我沒敢往下問知道嫂子睡在母親的身邊那是一塊山青水秀風中飄花的油菜田也是我經常下跪的地方。

為紀念詩刊社青春詩會四十週年 錄拙作參加第二屆青春詩會作品一首

歲在庚子年初春 於全球抗疫戰疫・祈禱勝利之際 陳相照書之

诗人档案

谢君（1968~　），出生于浙江萧山。喜田野考察，写诗，也写小说。参加过《诗刊》社第二十一届“青春诗会”。已著诗集《谢君诗选》《宁静中的狂欢》《光亮传》，长篇小说《航空演习》《翠湖之波》。

甜卡车

谢　君

有一年初夏，社教蹲点
我们去了浦阳下湾村
认识了小学女教师郑兰兰
就像一辆河堤上轻轻摇晃的
甜卡车，她已深爱上
宁静的慢悠悠的乡村生活
她的男人也是
她的男人过着更加宁静
慢悠悠的乡村生活
他是一辆爱着甜卡车的甜卡车

甜卡车

有一年初夏 我和谭克
我们去了浏阳下湾村
认识了小学女教师郑兰兰
就像一辆河堤上轻轻摇晃的
甜卡车，她已经爱上
宁静的慢悠悠的乡村生活
她的男人也是
她的男人过着更加宁静
慢悠悠的乡村生活
他是一辆爱着甜卡车的甜卡车

作者
抄录：谢君
2020.6.22.

诗人档案

晴朗李寒（1970～　），原名李树冬，河北省河间人。诗人，俄语译者。参加过《诗刊》社第二十一届“青春诗会”。获得第六届华文青年诗人奖、第二届闻一多诗歌奖、中国当代诗歌奖翻译奖等奖项。著有诗集《三色李》（合集）、《空寂·欢爱》《秘密的手艺》《敌意之诗》《点亮一个词》《时光陡峭》《晴朗李寒诗选》等，译诗集有《俄罗斯当代女诗人诗选》《当代俄罗斯诗选》（合译）、《帕斯捷尔纳克诗歌全集》（合译）、《阿赫玛托娃诗全集》（三卷）等。现居石家庄，与妻子经营晴朗文艺书店。

石头盖着雪

晴朗李寒

大雪淹没了石头，
大雪覆盖了大地最坚硬的部分。
大雪之下的石头闭紧了嘴唇。

大雪下的石头一言不发。
大雪，也不说话。
它们在黑暗中找到了对方。

石头不能跑开。
大雪不可能落到别处。
或许是飘飞的大雪
始终在追逐着奔跑的石头。

大地上只有雪和石头，
黑上之白，
白上之黑。
一群归巢的乌鸦找不到落脚之处。

石头盖着雪

晴朗李寒

大雪淹没了石头。
大雪覆盖了大地最坚硬的部分。
大雪之下的石头闭紧了嘴唇。

大雪下的石头一言不发。
大雪，也不说话。
它们在黑暗中找到了对方。

石头不能跑开。
大雪不可能落到别处。
或许是飘飞的大雪
始终在追逐着奔跑的石头。

大地上只有雪和石头，

黑上之白，

白上之黑，

一群归巢的乌鸦找不到落脚之处。

发表于《诗刊》2008年10月上半月刊。摘录于2020.7.3.

诗人档案

曹国英（1964~　），女，中国作家协会会员。全国首批“驻村诗人”。获“沂蒙新红嫂”荣誉称号。2005年参加《诗刊》社第二十一届“青春诗会”，2020年参加《诗刊》社第十一届“青春回眸”。部分诗歌被选入年度诗选、《新诗百年》等选本。《山脉系列》《山居日记》《母亲是一位采药山姑》《甜藕的空气》《浣衣》等组诗，分别入选“硕士论文写作参考资料”、“高中语文测试卷”、《青年博览》《中文自修》等。有诗歌被翻译到国外。

一只蝴蝶

曹国英

暗绿远山连绵庄稼地
是什么在花香里蓦然不见了
看到卧佛
时光停下的时候
不要一直朝前
落在你头上的那些蝴蝶
每只都是一朵花的灵魂
繁花绚烂的夏天如梦飞走

晚秋，蝴蝶们都哪里去了呢
我发现这只蝴蝶时
还以为它在采蜜
走近一看
才知它已走完了生命的最后花季

覆以一触即落的尘
它于热爱的事物上

它于枯黄的花蕊上
永远离开了
九月节，露气将凝
它走的那夜必是凄凉
高僧说：“它的涅槃已臻于完美，身心带着微醉的芳香。”
如此的暗喻却像人类的伤痕
蝴蝶的离去带走了世间多少芳菲

一隻蝴蝶

曾國英

暗綠遠山連綿莊稼地
是什麼於花香裏驀然不見了
看到卧佛時光停下的時候
不要一直朝前
　落在你頭上的那些蝴蝶
　每隻都是一朵花的靈魂
繁花絢爛的夏天如夢飛走

晚秋蝴蝶們都哪裏去了
我發現這隻蝴蝶時
還以為它在采蜜　近前
才知它已走完了生命的最後花季
覆以一觸即落的塵
它在熱愛的事物上

它在枯黄的花蕊上 永遠離開了
九月的 露水的凝
它走的那夜 必是凄凉
為保護 它的遺體已歸於完美
身心帶着滿醉的芳香
如此晴朗 却像人類的傷痕
蝴蝶的離去帶走了世間多少芳菲

诗人档案

李见心（1968~　），女，生于辽宁抚顺。中国作家协会会员。参加《诗刊》社第二十一届“青春诗会”。著有诗集《初吻献给谁》《比火焰更高》《李见心诗歌》《五瓣丁香》《重新羞涩》等。作品曾多次获奖。现居锦州。

出　场

李见心

我把自己的身体打扫干净——
用鲜花洗脸
用露水洗头
用泪水洗伤口

洗得——
连皱纹都开出了花朵
连伤痕都展翅欲飞
连指甲都藏不了心跳

我把自己的心灵打扫干净——
用花香洗灵魂
用蝴蝶洗翅膀
用死亡洗新生

洗得——
连痛苦都变得透明
连影子都没有死角
连灰尘都想不起爱情

我还要把周围的空气洗干净——
用夜鹰洗清黑夜
用百灵洗开黎明
用诗歌洗去白日的浮躁和平庸

最后——
我还要把我多余的亲人
多余的朋友，多余的爱情
也扫地出门

还有多余的欲望，多余的思想，多余的诗篇
统统洗掉，直到把我洗得
像不存在一样真实

像真实一样虚空

现在，我把自己的身心打扫得干干净净了
像一个朝代打扫完另一个朝代的战场
我准备迎接你，我只为迎接你——
我神圣的君主
　　　——出场

（你会来的，否则我就不会来了
我就不会把自己洗成了水本身
干净到沸腾　干净到平静
为迎接你，打扫完了今生）

出场

我把自己的身体打扫干净——
用鲜花洗脸
用露水洗衣
用阳光洗伤口

洗得——
连皱纹都开出了花朵
连咳嗽都魔法般发光
连指甲都藏不了心机

我把自己的心灵打扫干净——
用花香洗灵魂
用蝴蝶洗翅膀
用知之洗新生

说得——

让柳春都变得透明

让影子后没有秘密

让天空都越过寒冷

我还要把时间的金沙洗净——

用微笑说清黑夜

用歌声说开黎明

用诗歌说出自然道路和平衡

最后——

我还要把我心爱的人

她们的眼睛、她们的爱情

也都画出

还有她们的梦想她们的忠诚她们的泪痕

令那纷纷泛滥，直到把我淹没
你不后悔一样真实
你真实一样阳光
现在，我才能把纷纷[illegible]了
你一个朝代打开了另一个朝代的大门
只有你去迎接你，我也去迎接你
我神思为君

——[illegible]

2010年5期《诗刊》
2020年7月书

诗人档案

周斌（1977~　），本名朱周斌，安徽宿松人。北师大文艺学专业博士毕业，中国社会科学院文学研究所文艺学博士后。2005年参加《诗刊》社第二十一届“青春诗会”。现在重庆当教师。发表诗作若干，出版专著三本。

岁　月

周　斌

像楼梯旋转的木质扶手；像少年时代
在夏日的河边拾到的白鹭的羽毛；像
你，拐过了遥远城市的某个我不知道名字的街角
却依然在我心里。

如果你不曾和我擦肩而过；如果我和你擦肩而过但
我没有停下来看你一眼。
一生中有多少发生了的事情其实可以不发生。

像有些眼泪，永远不让它流出，滑落在脸庞；
像微笑，透过午后的光线，永远留在了照片上；像你
我记得你的名字、记得和你相遇的黄昏、你的声音，却
忘记了我经常在信封上写下的地址、经常拨打的电话号码。

如果我可以重新回到有过你的城市；如果我现在突然
出现在你面前；如果一切被橡皮轻轻擦去，
你会不会微笑着借给我你削得尖尖的铅笔？

像电话里和电话线一样长的沉默；像楼梯上，你向我挥手，
说明天早晨见；像
我们幻想过的晚年，坐在田野边，
一起看一张报纸。

如果有一把黑色的木椅，上面沾满了灰尘；
如果我在对面的镜子中，用老花眼镜布
慢慢把它擦得一干二净。

像少年时代无意写下的诗歌，充满淡淡的伤感和回忆，
后来发现都变成了真的；像火车
仍然在日夜不停地开；拥挤的人群中，我牵着你的手
欢笑着找到了最后的、唯一的空位。

像空荡荡的车站，人群越来越远去；像那最后的、
唯一的演员，我站在地铁的出口犹豫着，
像在准备离去，又像是在等下一列车上，会走下一个找我的人。

岁月

周斌

像楼梯旋转的木质扶手；像少年时代
在夏日的河边拾到的白鹭的羽毛；像
你，拐过了遥远城市的某个我不知道名字的街角
却依然在我心里。

如果你不曾和我擦肩而过；如果我和你擦肩而过但
我没有停下来看你一眼。
一生中有多少发生了的事情是注定可以不发生。

像有些眼泪，永远不让它流出，滑落在脸庞；
像微笑，透过午后的光线，永远留在了照片上；像你
我记得你的名字、记得和你相遇的黄昏、你的声音，却
忘记了我们曾在信封上写下的地址、经常拨打的电话号码。

如果我可以重新回到有过你的城市；如果我现在突然
出现在你面前；如果一切都被此轻轻擦去，
你会不会微笑着借给我你削得尖尖的铅笔？

像电话里和电话线一样长的沉默；像楼梯上，你向我挥手，
说明天早晨见；像
我们幻想过的晚年，坐在田野边，
一起写一张稿纸。

如果有一把黑色的木椅，上面落满了灰尘；
如果我在对面的镜子中，用老花眼镜布
好好把它擦得一干二净。

像少年时代无意写下的诗歌，充满淡淡的伤感和回忆，
后来发现都变成了真的；像火车
仍然在日夜不停地开；拥挤的人群中，我牵着你的手
欢笑着找到了最后的、唯一的空位。

像这首诗的年龄，人群散去后，像那最后的，
唯一的演员，我站在地铁的出口继续着，
像在消失之前，又像是在第十一列车上，会有下一个找我的人。

2004年4月7日写于北京
2020年7月5日抄录于重庆

诗人档案

郑小琼（1980~ ），女，四川南充人。2005年参加《诗刊》社第二十一届“青春诗会”。作品发表于《人民文学》《诗刊》等海内外刊物。有作品译成德文、英文、法文、日文、韩文、俄文、西班牙文等语种在国外出版。出版中文诗集《女工记》《玫瑰庄园》《黄麻岭》《郑小琼诗选》《纯种植物》《人行天桥》等，法文诗集《产品叙事》（ChantalAndro译），英文诗集《穿越星宿的针孔》（（Eleanor Goodman 译）等，越南语诗集《女工记》和印尼语诗集《女工记》等。作品获得多种文学奖项。

黄麻岭

郑小琼

我把自己的肉体与灵魂安顿在这个小镇上
它的荔枝林，它的街道，它的流水线一个小小的卡座
它的雨水淋湿的思念，一趟趟，一次次
我在它的上面安置我的理想，爱情，美梦，青春
我的情人，声音，气味，生命
在异乡，在它的黯淡的街灯下
我奔波，我淋着雨水和汗水，喘着气
——我把生活摆在塑料产品，螺丝，钉子
在一张小小的工卡上……我生活的全部
啊，我把自己交给它，一个小小的村庄
风吹走我的一切
我剩下的苍老，回家

黄麻岭

我把自己的肉体与灵魂安顿在这个小镇上
它的荔枝林，它的街道，它的流水线一个小小的卡座
它的雨水淋湿的思念，一趟趟，一次次
我在它的上面安置我的理想，爱情，美梦，青春
我的情人，声音，气味，生命
在异乡，在它黯淡的街灯下
我奔波，我淋着雨水和汗水，喘着气
——我把生活摆在塑胶产品，螺丝，钉子
在一张小小的工卡上……我生活的全部
啊，我把自己交给它，一个小小的村庄
风吹走我的一切
我剩下的苍老，回家。

郑小琼

诗人档案

邓诗鸿(1970~　)，曾用名邓大群，生于江西省瑞金市，中国作家协会会员。2005年参加《诗刊》社第二十一届“青春诗会”。诗作被译介到美国、法国、德国、英国、意大利等欧美诸国。长诗《大江东去帖——咸宁辞典》曾获首届中国咸宁世界华文诗歌大奖赛桂冠，独摘50万元奖金，成为百年中国新诗史上最高奖金获得者。出版诗集《邓诗鸿诗选》《青藏诗篇》《一滴水也会疼痛》《一滴红尘》，散文集《灵魂的皈依》《从故乡出发的雪》。

我踏上了落叶缤纷的小路

邓诗鸿

我踏上了这条落叶缤纷的小路
在这个秋风萧瑟的下午
落叶在死亡之前呈现出奇异的美
有的仍在坚持，更多的已经变凉
我惊诧于那些金黄的稻穗
它们越是成熟，身子却弯得越低
壮阔、纷乱的大地上
车轮滚滚，尘嚣直上
他们有的走出了落日，永远不再回来
有的在泥沼中不停地挣扎、打滑
更多的正风尘仆仆地往前赶……
而多年前那位神情忧郁的少年
如今又飘落在何方？

我踏上了这条落叶缤纷的小路
在这个秋风萧瑟的下午
我怀念每一片细小的落叶，这些式微的生命
瘦削、倦怠，像一个永不愈合的痛……

我踏上了落叶缤纷的小路

（澳大利亚）邓万鸿

我踏上了落叶缤纷的小路
在这个秋风萧瑟的下午
落叶在死亡之前呈现出奇异的美
有的仍在坚持，更多的已经变凉
我惊讶于那些金黄的稻穗
它们越是成熟，身子却弯得越低
在潮、纷乱的大地上
车轮滚滚，尘嚣直上
他们有的走出了乡村，永远不再回来
有的在泥沼中不停地挣扎、打滑

更多的云风里赶赶地往前赶……
而多年前那个神情忧郁的少年
如今又飘落在何方？

我踏上了落叶缤纷的小路
在这个秋风萧瑟的下午
我怀念每一个细小的落叶
这些卑微的生命、瘦削、倦怠
像一个永不愈合的痛……

2004年4月8日创作
2020年6月28日写于中国.江西.赣州

诗人档案

唐力（1970~　），生于重庆大足。中国作家协会会员。2005年参加《诗刊》社第二十一届“青春诗会”。2006年至2015年任《诗刊》编辑，现为重庆文学院专业作家。著有诗集《大地之弦》（入选2010年21世纪文学之星丛书）、《向后飞翔》《虚幻的王国》《大地之殇》。曾获第四届重庆文学奖、首届何其芳诗歌奖、第三届徐志摩诗歌奖、储吉旺文学奖、《十月》年度诗歌奖等奖项。

缓慢地爱

唐　力

我要缓慢地爱，我的爱人
当我坐在这个屋子里
我要缓慢地爱着这傍晚的夕光
从窗前移到窗台。我要缓慢地爱着
这些时间。我要把一小时换成
六十分，把一分换成六十秒
我要一秒一秒地爱你
就像我热爱你的头发，我也是
一根一根地爱，把它们
一根一根地从青丝爱成白发
而其他的人只会觉得，一瞬间
飞雪就落满了你的头颅
就像我在你的眼角，热爱你的鱼尾纹
我也用六十年的光阴，一丝一丝地

热爱。就像我们并排而坐
我们中间有零点五米的距离
我就会把它分成五百毫米，一毫米
一毫米地热爱。仿佛永远没有尽头
就像在艰苦的日子里，我爱你的泪水
我也是一滴、一滴地热爱……

在我缓慢的爱中，我飞快地
度过了一生

缓慢地爱

唐力

我要缓慢地爱，我的爱人
当我坐在这个屋子里
我要缓慢地爱着这傍晚的夕光
从窗前移到窗台。我要缓慢地爱着
这些时间，我要把1小时换成
60分，把1分换成60秒
我要一秒一秒地爱你
就像我热爱你的头发，我也是
一根一根地爱，把它们
一根一根地从青丝爱成白发
而其他的人只会觉得，一瞬间
飞雪就落满了你的头颅
就像我在你的眼角，热爱你的鱼尾纹
我也用60年的光阴，一丝一丝地
热爱。就像我们并排而坐
我们中间有0.5米的距离

我就会把它分成500毫米，一毫米
一毫米地热爱，仿佛永远没有尽头
就像在艰苦的日子里，我爱你的泪水
我也是一滴、一滴地热爱……

在我缓慢的爱中，我飞快地
度过了一生

唐力抄于2020年7月2日.

诗人档案

姚江平（1966~ ），山西黎城人。中国作家协会会员。原创作品发表于《人民文学》《人民日报》《诗刊》《星星》诗刊、《十月》《北京文学》《诗歌月刊》《当代诗歌》等国内上百家报刊。作品曾入选《中国最佳诗歌》《最受中学生喜爱的100首诗歌》《中国诗歌30年经典》等三十多种选本。曾出版诗集《夜的边缘有一棵树》《必须像一个人》《这些草》《大地 大地》，诗歌朗诵集《姚江平诗歌作品朗诵》，创作长篇非虚构叙事《北马喊》《干活》。曾获赵树理文学奖、《十月》优秀诗歌奖、中国首届诗经奖、《黄河》优秀诗歌奖等奖项。参加了《诗刊》社第二十一届“青春诗会”和第九届《诗刊》社“青春回眸”诗会。

一群蚂蚁在山上爬着

姚江平

一群蚂蚁沿着山脊，沉醉地爬着
爬着，全不在意一朵朵野花的绽放
也不理会一棵棵小草的缠绵

一阵阵风袭击，有的被卷下悬崖
一团团雾笼罩，辨别不清方向

队伍不是十分齐整，不像一列火车
也没有一定的路径，所有的身躯
都保持前进的姿态，所有的头都朝着一个方向

每天都这样，背顶着天
每日都如此，脚抓着地

不以自我的小而隐匿
不以自我的黑而退缩

一群蚂蚁在山上爬着

姚江平

一群蚂蚁在山上爬着，沉醉地爬着
爬着，全不在意一朵朵野花的绽放

一阵阵风袭来，有的被卷下悬崖
一团团雾笼罩，辨别不清方向

队伍不是十分的齐整，不像一列火车
也没有一定的路径，但所有的身躯
都保持向上的姿态，所有的头都朝着一个方向

每天都这样，背顶着天
每日都如此，脚抵着地

不以自我的小而隐匿
不以自我的黑而退缩

诗人档案

金所军（1970～　），生于山西省原平市。20世纪80年代中期开始写作，发表诗、文若干。中国作家协会会员。著有诗集《纸上行走》等数部。有诗歌入选《中国年度最佳诗歌》《北大年选》等诗歌选本。曾获赵树理文学奖等奖项。曾参加《诗刊》社第二十一届“青春诗会”。

秋　分

金所军

秋分不是秋风
秋分被两滴露水夹在中间
前面是白露
后面是寒露
秋风在这天吹得有点凉

老父亲独自一人担着箩筐
把一只老死的绵羊葬在村外
十五年养大十二只小羊　夭折了十二只小羊
老绵羊死的时候一声不吭

苍老发灰的皮毛有点脏
两颗浑浊的泪
一条微跛的后腿

尾巴上变黑的印记
在秋风中变得僵冷

这天，父亲的心比秋风更凉
葬了老绵羊　父亲咳嗽了一声
担起一担结霜的柴草返回家中
走到半路歇息了一下
顺便把左肩的伤心换到了右肩上

秋分

金铃子

秋分不是秋风
秋分被两滴露水夹在中间
左面是白露
右面是寒露
秋风在这天吹得有点凉

老父亲独自一人担着箩筐
把一只老了的绵羊关在村外
怀身着大十二只小羊
夭折了十二只小羊
老绵羊死的时候一声没吭

垂着发顶的眉毛有点脏
两根犄角和泪
一条被撕裂的后腿
尾巴上墨黑的印记
在秋风中变得僵冷

这天，父亲的心比秋风更凉
葬了老绵羊　父亲咳嗽了一声
担起一担结霜的紫草返回家中
走到半路歇息了一下
顺便把左肩的伤心换到了右肩上

诗人档案

王顺彬（1958~　），重庆人。中国作家协会会员。曾参加《诗刊》社第二十一届"青春诗会"。诗作入选《2005年度中国诗选》《2006~2010年中国诗歌精选》《建国60周年诗歌专集》《改革开放30周年诗歌专集》等数十种选本和辞典，部分诗作被译为十四国文字发表。主要著作有诗集《带着大海行走》《大地的花蕊》(英汉对译)、《大风从文字中吹过》《记忆中的云》《永不熄灭的红》《突然想起了春天》等，小说集《苦难》，散文集《活法》。诗作获"情满巴渝·全国诗歌大赛"一等奖、郭沫若诗歌奖、《诗刊》社"新世纪十佳青年诗人"等多种奖项。

突然的云

王顺彬

突然的云，移到我的脸上
乌黑，发亮
仿佛爱情的灰烬

我生平低洼，泥泞，难以理解云的名字
那些纯白，那些金红
那些深黄和淡紫，一朵朵
像我飘浮不定的问题

我在天空向四肢让步，我在大地
把草根抱紧
我不怕墨发似梦，向西夜夜飘扬

我的额上晴空很少，我的嘴唇饮够风雨
我怀念光线那一对对
洁白如雪的手，我在眼瞳的岛上
无数次放声痛哭

突然的云，再次突然把我惊醒
我打扫眼睑和睫毛
我希望我晴明，我高朗，一只光大的鹰
在两颊反复浮现……

突然的云

王顺彬

突然的云，移到我的脸上
乌黑，发亮
仿佛激情的灰烬

我全年低洼，泥泞，难以理解
云的名字
那些纯白，那些金红
那些深黄和淡紫，一朵朵
像我家园浮不定的问题

我在天空向四肢让步，我在大地
把草根抱紧
我不怕黑发纷纷梦，向西夜夜飘扬

我的额上晴空很少
我的嘴唇饮够风雨
我怀念光线那一对对
洁白如雪的手

我在眼瞳的岛上
无数次放声痛哭

突然而至，再次突然，把我惊醒
我打扫脸睑和睫毛
我希望我睛眩，我高翔
一只巨大的鹰
在脑频反复浮现……

“诗”绸之路：汉语拼音字母里的新疆诗旅

——南疆·第二十一届“青春诗会”散记

本刊记者 杨 墅 魏 峰

序

十月的北京，秋意正浓，金风送爽；十月的新疆，苍茫辽阔，瓜果飘香。“十一”黄金周刚过，《诗刊》社与北京中坤投资集团联合举办的“南疆·第二十一届‘青春诗会’”便开始了神奇壮阔的诗歌之旅。遗憾的是，《诗刊》主编叶延滨本来要领衔指挥这届“青春诗会”的，因中共十六届五中全会的召开使他退掉了已买好的机票而坚守岗位，《诗刊》二编室主任林莽也因事未能参会，他俩都为本届“青春诗会”做了大量的阅稿及指导工作。于是，本届“‘青春诗会’改稿采风团”组成了以副主编李小雨为团长，副社长王青风为“政委”，杨炳湘、史岚为后勤，杨志学、周所同、大解、大卫为辅导老师的阵容，更有朱先树（诗歌评论家、《诗刊》编委）、黄礼孩（诗歌办刊人和活动家）、王山（《文艺报》记者）、罗四鸽（《文学报》记者）等热情加盟，而诗会的主角——来自全国各地神采奕奕的16位青年诗人，为了一个共同的目的，汇聚天山脚下，从10月9日到19日，以空旷神奇的南疆大地为舞台，辗转一万余里，走出了一条令人难以忘怀的“诗”绸之路……

A：啊——

2005年10月9日，乌鲁木齐君邦天山大酒店，迎来了全国11个省区市的16位诗人：王顺彬、郑小琼、唐力、木杪、金所军、谢君、周斌、姚江平、晴朗李寒、郁笛、梁积林、李见心、张杰、曹国英、邓诗鸿、陈树照。啊——这个轻声调的叹词，真切自然地传达了各路诗友见面的心理状态：喜悦、期待。啊，原来是他：那小子比我想象的要年轻，这家伙居然是大胡子……从陌生到熟悉，从礼节性的握手到热烈的拥抱。当太阳从新疆的肩头缓缓落下，“南疆·第二十一届‘青春诗会’”的大红横幅，在君邦天山大酒店的第十五层多功能厅，徐徐升起……

诗会期间，诗人们在奥依塔克森林公园适逢大雪，得此雪景。前排左起：张杰、曹国英、李见心、郑小琼、唐力、郁笛、王顺彬；后排左起：晴朗李寒、李小雨、周斌、邓诗鸿、木杪、大卫

B：巴　郎

巴郎，维吾尔族小男孩的称谓也。万里行程，浩荡车队，一天大部分时间是在车上驶过，“青春诗会”人员分乘8号、9号车；中坤集团为9号车安排的导游木拉提江，算得上一位大巴郎：额宽，眉浓，眼深，鼻挺……说话慢条斯理，对汉语的把握能力超过了维语。他不无幽默地说：维吾尔人眼里，水有公母之分，公水就是河流，经过日照，喝后，可治腹泻。母水就是自来水。

维吾尔语带巴字的不少，像巴札（集市），巴依（财主）等。而在此次诗会期间，《文学报》的罗四鸽第一时间向我们公布了一条短信：巴金老人去世了，享年101岁。搞得我们心里酸巴巴的。年少时读阿拉伯名著《一千零一夜》，印象最深的当数《阿里巴巴与四十大盗》，如果在新疆大地重读，当别有意味。阿里巴巴最动人的一句话是：芝麻开门——或许，诗歌就是灵感对生活的一次次芝麻开门。

C：灿　烂

维吾尔人，笑得多么灿烂、无邪。在喀什，四个大小不一的孩子，当街走着。其时，正是放学时间，他们背着书包，瘦削但精神饱满。当我们要与他们拍照的时候，他们愉快地接受。我们记得他们脸上的笑容。那是一种恍若经过了ISO9001认证过的笑，胞生生地亮，像钻石的芒，或者铜的光。我们真怀疑他们心里装了一个愉快的发动机。微笑，若泉涌。倘大笑，则是雷崩，不由不溅你一身。从乌鲁木齐到喀什，只要见到他们，都笑得不带一点修饰，像原木，有自在的清香。

D：大漠·读诗

不到新疆，不知道中国之大，新疆相当于16个江苏省。我们这次主要走的是南疆，穿越世界上最长的一条沙漠公路——塔里木公路，全长500多千米。塔里木公路横穿塔克拉玛干腹地，塔克拉玛干维吾尔语是“进去了就出不来”的意思。浩瀚的沙丘，无尽的沙浪，32万平方千米的塔克拉玛干，仿佛一片金黄的海洋。车子在戈壁滩上狂奔，有时数百里地，不见人烟，用“千山鸟飞绝、万径人踪灭”来形容，亦并不为过。“大漠风尘日色昏，红旗半卷出辕门”(王昌龄《从军行》)，呼呼风声，从窗外刮过，仿佛听到若干年前的厮杀之声，凄迷，哀婉，壮烈……

诗会期间，郑小琼与晴朗李寒合影

追寻着远古诗歌与诗人的足迹，走来了今天的16位青年诗人。他们是从近千名报名者中选拔出来的。先是编辑初选出100名备选者，再经副主编审选25名优秀作者，最后由主编慎重审定16名。他们又以怎样的诗句丰富着我们当今的诗坛呢？他们许多人都有着自己的创作母题：或打工的工厂，或蹲点的乡村，或交警生涯中的所见所闻，或西部边陲的风土人情，或普通知识分子的家庭生活与内心涌动——谁也不会想到，充满大气、阳刚的钢铁之诗竟然来自此次诗会中年龄最小的女诗人郑小琼，尽管她的笔法还显稚嫩；谁也没有想到，排在头条的王顺彬的诗是来得最晚的一份稿件(离诗会入选确定只剩几天时间)，但他仍以诗中的机智、新鲜和明亮打动了我们；唐力对人生的深刻把握；周斌、晴朗李寒、谢君在看似轻松中，以奇特的想象力为我们展开他们丰富的内心世界；郁笛、梁积林写出了他们风雪苍凉的西部、古长城下的小村；姚江平、金所军同来自太行老区，都有着生长在农村的经历，他们的诗具有永不消散的泥土的气息；木杪与李见心以女性细微心理的灵动，为我们展示出凝神的感觉；而曹国英、陈树照诗歌的朴实直接，张杰、邓诗鸿对小城众生相的悲悯之情都让人深深感动。连同他们各异的创作风格和语言技巧，为我们营造出当今中国诗坛青年诗人写作的多种态势和可能。

E：一“键”钟情

新疆每经过一个城镇，都能看到网吧。谢君带了电脑，随时可上网，他上网与夫人聊天，可谓E键钟情。想一想，在新疆各地，多少城市乡村，因为网络，而与内地有了更紧密的关系。也许，有了网络键盘，西部的大可以变为小，西部的远可以变为近……

F：风

从乌鲁木齐市沿高速公路向东南行8公里，是著名的新疆达坂城百里风区，建有达坂城风力发电站，为亚洲第二大发电站。在长约80千米，宽约20千米左右的戈壁滩上，100多架银白色风机迎风而立，非常壮观。风车转速不一。每个都造价百万，有50多米高，微电脑控制，可自动寻找风。如果堂·吉诃德先生来，面对这绵延数十公里的风车，肯定不知如何下手。风车转啊转，汤匙一般，把风给搅乱了，又仿佛在搅一锅粥，如果你把它视作一个人在慢慢地喝汤，我们也没有意见。

G：广　播

本届“青春诗会”，像去年一样，仍由实力雄厚、大力支持诗歌事业的中坤投资集团提供有力赞助。这次受资助的不仅有“青春诗会”团队，还有“中巴帕米尔诗歌之旅”和“中国诗歌万里行”两个团队。三个诗歌团队组成一个诗歌纵队——由庞大的车队所承载。“青春诗会”分乘8号车和9号车。9号车相对安静一些，而8号车因参会学员居多，则显得狂放活跃。究其原因，要归之于晴朗李寒发起成立的“8号人民广播电台”，为各位诗人提供了施展才华的机会。其节目多为朗诵和演唱，大家无不争先恐后各显神通，其诗人本性暴露无遗。这是诗人们激情的热烈燃烧，也是心灵交流碰撞的过程。

H：火焰山

火焰山横亘在吐鲁番盆地中部，为天山支脉之一。火焰山上高温干旱，已没有了火焰，它只在传说里。山上光秃秃的，没有任何植物。与火焰山相遇，像网友见面，想象让位于真相，一山红褐色的土，松，易碎，时有锈蚀的疑似铁片（其实是石头）闪现。像一个多日没有洗漱的人，火焰山，懒。火焰山下，有两匹骆驼，供游客照相，趁众人骑骆驼的空儿，大卫与谢君往火焰山狂奔，仿佛两根想家的火柴。

I. 爱依拉尼什雪山

在遥远的南疆奥依塔克森林公园，顺着一条山路走上去，坡缓，你可以像饭后遛弯一样。雷居松梢，有如涂了层厚厚的小护士防晒霜。抖动树枝，雪，会弹跳着落下（像黑白片里，从树上蹦出一群瞭望的儿童），无声无息，仿佛自备了消音器。走在阿姨（哦，没错）拉尼什的雪地上，举目四望，阿姨辈的雪山，也阿姨一样漂亮而亲切。远处是山，更远处还是山，风云流转，一部分胆大的做出激荡状。最后，所有的人都走到雪山口，可以看到吾国境内海拔最低（2804米）的克拉孜冰川。站在雪山口那块用作照相的石头上，又想起瑞典诗人特朗斯特罗姆的诗：“冰雪闪耀，负担减轻——1公斤只有7两。”

J：久久诗成

谈诗，是历届“青春诗会”的优良传统。每个与会诗人也寻找一切机会，切磋，探讨，有人甚至带了半斤问题或者八两疑惑来。新疆与内地，有两个小时的时差，晚饭一般在八点左右，吃完饭已近十点，回去稍作洗漱，再谈诗时，已是子夜了。这16位青年诗人被分为三组，分别由周所同、大解、大卫负责稿件把关，李小雨、王青风、杨志学参与讨论。会上除充分肯定每位诗人的所长外，还指出存在的问题、努力的方向，许多问题还涉及当前诗歌现状……16位诗人各有特点，讨论十分活跃、激烈，时间最长的一次，谈到凌晨三点还意犹未尽。当然，诗，不是谈出来的。但每一次谈诗，大家都感觉收获很大，甚至有人豁然开朗。这些，都是意外的收获。当然，在谈诗的时候，由于诗歌现在还没有一个部颁标准，有时也会出现公说公有理婆说婆有理的现象。大家对打工诗歌，真情写作等问题展开了必要的有益的讨论。因此，改诗，也就只有在更深的夜里或下车休息的间隙中进行了，只是每个学员和老师的眼睛里都是红红的。累，并快乐着。

K：坎儿井

坎儿井与长城、大运河一同被誉为“中国古代三大杰出工程”。仅新疆地区，坎儿井地下廊道总长度就达5000千米以上，被世人称之为中国的“地下长城”。新疆坎儿井主要分布在哈密、木垒和吐鲁番等地，尤以吐鲁番盆地最多。如果把坎儿井说成害羞的姑娘，也没什么不妥。在吐鲁番，见到专供参观的一个坎儿井，沿着铺好的巷道，走进20米深的地下，水流叮当，像一个脚上配着银饰的女子，一条穿裤子的河，带着它自己的隐秘，不知流了多少年……

L：骆　英（黄怒波）

这次南疆之行，尽管诗人骆英没有亲临现场，但他却又几乎无处不在。不管是作为实力雄厚的中坤集团的老总，有着承包南疆旅游五十年的经营策略和胆识，还是作为一个出版过多本诗集，热情四溢、酷爱登山和各项运动的勤奋诗人，去年的黄山“南屏关鹿·第二十届‘青春诗会’”还让我们记忆犹新，至今每个与会者都不可能忽略他的名字。在当今加强和谐社会的建设中，感谢他为诗歌投入这么多的人力和物力。

M：毛　驴

它是阿凡提的著名坐骑。我们一路上只看到少许毛驴。也许，现在的驴，都在乡间偏僻小道上。公路上，有时看到几辆驴车经过，像看一场老式的纪录片，恍如隔世。也许，那些歪着身子躺在村庄、地头的小四轮拖拉机，是另一种意义上的donkey。在吐鲁番，听导游说，当地晚七点半以后，可以让“驴的”拉客上街。一来，满足游客好奇之心理；二来，可让车把式们赚一些碎银子。而在西班牙诗人希梅内斯的名著《小银与我》中，那头小毛驴，也被亲切地唤作：小银。哦，小银，小小的银子，你这月光的碎片。

N：馕

你来自于尘土，必将回归于尘土。用这句话可以最好地解释馕的制作过程：挖一个坑，口小肚大（肚大能容天下难容之馕）。当地有一个说法，坑有多大，馕就有多大。如果一个人消化不好，只能“窝”馕，如果堵在胸口，则是窝囊废（肺）了。一个人没有钱，真可谓囊中羞涩。在新疆的路上，车上都备了馕。素食主义者周所同，以馕为舞。王青风以及所有参会学员都对这种外厚内薄的维吾尔族干粮表示了格外的兴趣和偏爱。小的馕，类似内地的烧饼；大的馕则宛如车轮。也许塔克拉玛干沙漠，就是一张被烤光了水分的馕，晃动的人影，则是撒在其上的几粒芝麻。

O：偶　像

如果让我在新疆众多的植物中选择一个偶像，非胡杨莫属。此物：生而千年不死，死而千年不倒，倒而千年不朽，朽而千年不散。维吾尔族人民给了胡杨一个最好的名字——托克拉克，即“最美丽的树”。

P：葡　萄

如果南疆有身份证的话，葡萄应该是它的一个编号。一粒一粒的葡萄团结成一个甜蜜的拳头，能把你的胃给打疼了。葡萄与牙，可以组成一个国家的名字。如果说话漏风，你会把葡萄说成扑倒；是啊，你只能被甜蜜给扑倒，醉了，不想爬起来。

“葡萄美酒夜光杯，欲饮琵琶马上催。醉卧沙场君莫笑，古人征战几人回？”(王翰《凉州词》) 最甜的与最血腥的扯在一起，浓的是血而不是酒。残阳如血，血残阳，不过是另一粒大个子的葡萄。由葡萄到葡萄干，是拿出水分的过程。像一个人，去除了多余的客套与虚饰，又如一个写散文的作家，浓缩的，搞起了诗。

Q：虔　诚

穆斯林每天要祈祷五次，每次大约 15 分钟，晨与晚这两次最重要。如果一个人懂得忏悔，有敬畏，这样的人就值得尊重。他们跪拜之时，嘴唇嚅动，跪向西方 (朝向麦加)，那种虔诚，怕不是“感动”两字所能述说的。诗人之于诗歌，最可贵的也就是这种虔诚。

R：日　记

11 日。早晨，离开库尔勒，车行两个小时左右到胡杨林。大家在一棵有三千二百年树龄的葱郁的胡杨古树前合影。中坤集团三大诗歌活动暨轮台胡杨节在这里隆重开幕。开幕式精彩的歌舞表演之后，胡杨林小火车缓缓启程了。天是那样的蓝与亮，透明的，空气很干燥，偶尔一声汽笛，打破了这里的宁静，面对静静的湖水、天鹅和胡杨的倒影，让人有跪下来的冲动。在这里，只有佩服的份儿，只有敬重千姿百态的胡杨树。面对这块土地，这片苍劲的胡杨林，你只有跪下来。

12 日。参观天山神秘大峡谷，克孜尔千佛洞。参观了六个洞，风化严重，被日本和德国的盗贼盗割了许多。余下的有人问以现在这样可保存多少年。一研究人员忧心忡忡地说，百年大计，如果不加以保护，大约八十年。晚上八点半入住阿克苏宾馆。街道直，爽。广场空且阔，灯亮如昼，恍若置身内地任何一个城市。

13 日。白天，参观神木园，超千年的巨树很多。浓荫之下流水潺潺。在沙漠之中，想不到还有这样的一个绿洲，其植被超过你的想象，那些绿，甚至让你认为是一种奢侈与浪费。在蒙古包里吃羊肉抓饭、奶油薄饼。下午，奔阿图什，入住克州宾馆，当地州政府宴请我们，看了一场高规格的克尔克孜族歌舞，煞是精彩。

14 日。在克州参观民族风情园。葡萄一嘟噜一嘟噜下垂着，诗人们在此照足了相，四位女诗人曹国英、木杪、郑小琼、李见心生动的脸庞堪与光亮的葡萄媲美，而无花果比葡萄更甜。老农用维语告诉大家:“可以摘来吃，不可以带走。”下午赶赴喀什市，这是维吾尔族人最多的地方。参观香妃墓、艾提尕尔清真寺、高台民居。晚，喀什市政府宴请。每人赠一顶维吾尔族小帽。戴上后，果然个个灿烂。

15 日。晨七点即起，像内地的五点，倒不是如何困。原拟去帕米尔卡拉库勒高原湖，却因泥石流而返回。又去看海拔最低的冰川，遇大雪。万山皆白，纷纷扬扬。下午返回喀什。

16 日。上午去参观喀什古城。不到喀什不算到了新疆，不到喀什古城则不算到了喀什。黄土小巷幽深整洁，户户搭有门廊和葡萄架。后去国际大巴札购物，史岚想给其著名哥哥史铁生买帽子而踟蹰，打

“青春诗会”期间，梁积林（左）与晴朗李寒于南疆奥依塔克雪山留影

电话征求意见，没人接，帽子没买成。晚上从喀什飞回乌鲁木齐。梁积林醉酒，在喀什机场逢人便敬礼，对警察尤为认真，不知他是真醉还是假醉。抵乌鲁木齐已是凌晨三点。

17 日。赴吐鲁番。参观火焰山、葡萄沟。两天前，克州葡萄园里果实累累，而吐鲁番的葡萄却已经谢了，只能在架上摘一点残留的自然风干的葡萄干吃。可见南疆、北疆气候差异之大。随后参观交河古城。置身形态各异的残垣断壁之中，风声呜呜，恍若隔世，诗人在此发思古之幽情，有照片为证。

18 日。上午，与新疆生产建设兵团文联、作协联合举办兵团诗歌研讨会，相关领导（同时也是诗人）李光武、秦安江，《绿风》诗刊石河、曲近、贺海涛等特地从石河子赶来参加。会上朱先树、杨志学从理论上对兵团诗歌做了论述。接着举行朗诵会——兵团专业演员的歌舞与诗的朗诵穿插进行。青年诗人们争先恐后献诗献歌，将离别之情藏于字里行间，因为第二天，这历时十天的诗歌团队，就要返回天南海北的家乡，将诗歌的种子遍撒四方……

S：石榴、诗

新疆的石榴，超出想象的甜，可以榨汁。诗人南子教我们选石榴的秘诀：并非圆而大的好，长得歪的、小的、丑的，才多汁而甜。想起那首《疯狂的石榴树》：“……告诉我，是那疯了的石榴树与多云的天空在较量……”

T：吐鲁番

吐：口与土。一张嘴，土里刨食，离不开土。鲁：慢。生活得更慢一些，诗歌也要慢一些。番：番号，一个人要有自己的名字。街道只有一个大十字形的，别的都是“T”字形。那么吐鲁番的人，都在走T形台。

U：油然而生

塔里木盆地油田多多，几亿年前，这儿是汪洋大海，后来地球的微生物经过挤擦，“油”然而生……十天来，参会学员对《诗刊》社全体编辑老师辛勤工作的敬意也“油”然而生，为编辑们献诗一首《明月出天山》……

V：问题讨论

诗与现实的关系，一直是几届“青春诗会”讨论的热点话题。此次，来自广东东莞的打工妹郑小琼的诗，引起了大家热烈的争论。

黄礼孩：他们关注身边的小事，写作的在场感非常强烈，有着最真实的生命的疼痛。

大卫：打工妹的身份会对作者造成一种误读，不易过早地给作者贴上标签，任何题材都可以写出好诗，关键在如何挖掘、表现。

杨志学：“打工诗人”这个称号并不是标签，有时适当的炒作也是必要的，可以强化诗人的写作特色。“打工诗人”写自己的生活和命运，这些作品有着深厚的社会内涵。

大解：目前当代诗歌对生活的介入已达到同步的程度，如果诗与生活之间保持适当的距离，生活就会退为人类生存的背影，就可以在更大的时空里透视和把握我们的生存的实质。

周所同：一位好诗人应该擅长把外在的现实生活与内心的潜在生

活很好地结合起来，把地域特色与自己的写作风格结合起来，要努力坚持与生活同步。

朱先树：对现实生活的把握既不能太远，又不能太近，“焦距”准确才是一首好诗。

李小雨：我赞成诗人有自己的“创作母题”并写深写透。无论是对过去生活的回忆，或是对当下生活的呈现，“低下头来”看世界，才是诗人应有的姿态和位置。必先深入，才能退出。

W：“王政委”

此次诗会，李小雨副主编主抓诗稿的修改研讨及会务联系安排等诸多事项，十分辛劳，车上看稿，“诗”必躬亲；王青风副社长则挑起凝聚人心、民族团结及诗会导向的大任。他从大处谈论诗歌精神、诗人和诗会。他结合各小组的诗歌研讨，以幽默的语言对今后如何进一步把“青春诗会”办得更好、切实维护《诗刊》多年来形成的这一重要品牌形象，发表了许多建设性的意见。作为文坛老将，这次南疆行，他也完成了步入诗坛的亮相。相信他讲话的深意在今后的诗歌活动中会逐渐地显现出来。

X：雪　花

唐诗说：胡天八月即飞雪。在南疆，去往喀拉库里湖的途中，我们真的遭遇了空前的雪景。雪厚且白，空气凛冽寂静，只有女诗人红色的羽绒服如青春的火焰在雪地燃烧！新疆所有的河水，都是雪山冰川、积雪融化的结果。你现在饮用的，有可能是几十万年前的雪花。

Y：一人一句

10月17日下午，南疆活动基本结束。集体座谈，与会诗人都说了很多热情洋溢的话。

现在剪辑出一人一句：

晴朗李寒：把后半辈子的车都坐了；我如一头饱食后的骆驼，当在此后的岁月慢慢反刍；

陈树照：美丽太多，美女太多，美景太多，美好太多；

王顺彬：实现了两个梦想，一是参加“青春诗会”，二是重新回到了新疆；

郁笛：我不得不使用两个字：感动，如果非要再加上两个字的话，就是非常感动；

李见心：胡杨林，你让我的眼睛学会了喊“疼”；

金所军：第一次体验到了什么叫三生有幸；

姚江平：判决南疆永远神奇，时间：无期；

谢君：明月出天山，苍凉而久远；

张杰：沉默的雪山，永远比诗人伟大；

唐力：梦想到达的地方；

邓诗鸿：愿帕米尔永远年轻；

木杪：让我对自然与人群有了更美好的感觉；

郑小琼：我只说两句话，第一句是感谢《诗刊》与中坤集团，另一句是感谢中坤集团与《诗刊》；

曹国英：新疆甜美的葡萄永远温润我们；

周斌：太短了，我还看不清楚；

梁积林：我普通话说不好，我说的话一点都不普通……

黄礼孩（本届诗会特邀嘉宾）：希望为南疆写一首更美的歌词！

Z：醉

让人醉的有：酸奶。羊奶。奶茶。沙枣花。姑娘的笑。左边车窗

诗会期间，谢君、大卫（指导老师）、晴朗李寒（左起）合影

的明月。吹长笛的高个女子。羊拐骨。小娜的舞蹈。李小雨淘得一块狮子石。王青风与周所同的相看两不“烟”。杨志学与大解从被锁死的房间里重新拿到亲爱的行李。大解的羊头与石头。大卫遍洒一路的幽默机智。与中坤集团严肃认真的徐主任煽动各车比嗓子。晴朗李寒在火车上过生日。手抓饭。烤全羊。石榴与石榴酒。葡萄与葡萄干。海市蜃楼。胡杨站立或者倒下的样子……

尾声·诗路花语

介词郑小琼：头一直靠在曹国英的胳膊上，好像曹国英带了一个备用脑袋。累极了就躺在怀里，一直坚持晕车。

动词王顺彬：联欢时，维吾尔族小伙子很专业地对其挤眉弄眼。王顺彬现场来了个克隆版，只是眉毛挤成两座山，眼睛扭成两眼泉。

反义词：晴朗李寒。姚江平、黄怒波。

近义词：朱先树、梁积林。李小雨、郑小琼。

感叹词：谢君（太客气了，见谁谢谁）。黄礼孩（五讲四美三热爱学得好）。

貌似什么什么：来自甘肃的诗人梁积林脸庞黝黑，话语不多，恰似老实巴交的老农。有人说他是貌似憨厚，梁积林就“嘿嘿”地笑，于是，貌似什么什么就成了大家的口头禅。

著名不跑调歌唱家：也许是受8号车的感染，杨志学、大解为活跃9号车的气氛，勇敢地为大家做了极富个人特色的演唱，被誉为著名男中音不跑调歌唱家。与此相应的是傅桔、仪健（中坤邀请的摄影师）被称为著名不跑调女歌手。

郁笛的潦草：因为一脸大胡子，同志们公认郁笛“长得潦草”。此公坦诚、认真、友善，因来自新疆兵团，故常对众人尽地主之谊。其最大缺点是：不会照顾女诗人。

大卫的钱包：在吐鲁番葡萄沟观看当地民俗表演时，王顺彬、陈树照、大卫忽被邀请做同台演出。演出进行中，大卫忽被同舞的维吾尔族男子暗示，要他以嘴衔花，献给维吾尔女子。女作羞状，婉拒。情急之中，大卫忽掏钱包，仍被拒。众皆笑翻。

千里送鹅毛：本届诗会的谜面。其最初谜底是：李见心。后又增加第二个谜底：李寒（其礼物也太寒酸了）。其实，它还有第三个谜底：李白——礼物是白色的。说到李白，不由人不想到诗歌的最高目标，想到“明月出天山，苍茫云海间，长风几万里，吹度玉门关……”（李白《关山月》）

青春诗会

第二十二届

2006

第二十二届（2006 年）

时间：

2006 年 10 月 10 日 ~ 15 日

地点：

宁夏银川百吉大酒店—贺兰山

指导老师：

叶延滨、李小雨、王燕生、宗　鄂、周所同、杨志学、洪　烛等

参会学员（17 人）：

孔　灏、高鹏程、郜　筐、徐俊国、宗霆锋、哥　布、成　路、黄　钺、霍竹山、吴海斌、单永珍、杨　邪、苏　浅、娜仁琪琪格、李小洛、李　云、樊康琴

第二十二届“青春诗会”学员们合影。第一排左起：宗霆锋、高鹏程、李云、杨邪、郃筐、苏浅；第二排左起：徐俊国、单永珍、孔灏、樊康琴、哥布、李小洛；第三排左起：吴海斌、霍竹山、黄钺、成路、娜仁琪琪格

诗人档案

孔灏（1968~ ），生于江苏连云港市。二十世纪八十年代习诗并发表作品。中国作家协会会员。参加了《诗刊》社第二十二届“青春诗会”。著有《漫游与吟唱》（入选中国作协21世纪文学之星丛书）、《观自在》（入选江苏省作协紫金文库）等诗集、散文集六部。曾获华文青年诗人奖、江苏紫金山文学奖、郭沫若诗歌奖等奖项。

一 年

孔 灏

一年的雪花谢了
一年的梨花开了
一年的南风把一年的月光酿成美酒
醉里挑灯
我看见一年的芳草
染绿了细碎的马蹄声

这一年谁是我的天涯
这一年 谁
在等着我回家
这一年的江湖老去了多少少年
这一年我离开
我 还能不能站在你的面前让你知道呵
我 已经回来

这一年远了

一匹马　在岁月中扬起了它的鬃发

像是我的笔提起

像是我的笔放下

这个世界所有沉重的问题

都可以作一声　轻轻地回答

孔灏诗歌代表作

一年

一年的雪花谢了
一年的梨花开了
一年的南风把一年的月光酿成美酒
醉里挑灯
我看见一年的青草
染绿了细碎的马蹄声

这一年谁是我的天涯
这一年　谁
在等着我回家
这一年的江湖老去了多少少年
这一年我离开
我　还能不能站在你的面前让你知道呵
我　已经回来

这一年远了
一匹马 在岁月中扬起了它的鬃发
像是我的笔提起
像是我的笔放下
这个世界所有沉重的问题
都可以作一声
轻轻的 回答

诗人档案

高鹏程（1974~　），宁夏人，现居浙江。中国作家协会会员。参加过《诗刊》社第二十二届“青春诗会”。诗文见《诗刊》《人民文学》《中国作家》《十月》《钟山》《天涯》《北京文学》等刊物。曾获浙江青年文学之星、浙江省优秀文学作品奖、《人民文学》新人奖、国际华文诗歌奖、李杜诗歌奖、徐志摩诗歌奖、储吉旺、於梨华文学奖，《诗刊》社中国诗歌网“首届十佳诗集”等奖项。著有诗集《海边书》《风暴眼》《退潮》《县城》《江南：时光考古学》《萧关古道：边地与还乡》等，随笔集《低声部》等。

灯塔博物馆

高鹏程

需要积聚多少光芒，才不至迷失于
自身的雾霾

需要吞吃多少暗夜里的黑，才会成为遥远海面上
一个人眼中的
一星光亮？

我曾仔细观察过它的成分：一种特殊的燃料
混合着热爱、绝望和漫长的煎熬
终于，在又一个黎明到来之前
燃烧殆尽

之后，是更加漫长的寂寞。
它是光燃烧后的灰烬

作为自身的
遗址和废墟

现在，它是灯塔。灯塔本身
握在上帝手中废弃的
手电筒。被雨水用旧的信仰

灯塔博物馆

高鹏程

需要积累多少光芒，才不至迷失于
自身的雾霾

需要吞吃多少暗夜里的星，才会成为这片海面上
一个人眼中的
一盏光亮？

我曾仔细观察过它的残骸：一种特殊的燃料
混合着热爱、绝望和漫长的煎熬
终于，在又一个黎明到来之前
燃烧殆尽

之后，是更加漫长的寂寞。
它是光焰燃烧后的灰烬
作为自身的遗址和废墟

现在，它是灯塔。灯塔本身
握在上帝手中的废弃的
手电筒。被西方用旧的信仰

二〇二〇年五月十二日抄

诗人档案

邰筐（1971～　），生于山东临沂，现居北京。曾参加《诗刊》社第二十二届"青春诗会"。曾获华文青年诗人奖、泰山文艺奖、诗探索·中国诗歌发现奖、草堂诗歌奖年度实力诗人奖、蓝塔诗歌双年奖、汉语诗歌双年十佳、2019名人堂·年度十大诗人等奖项。著有诗集《凌晨三点的歌谣》《徒步穿越半个城市》和随笔集《夜莺飞过我们的城市》。有诗入选《中国新诗百年志》《新中国六十年文学大系》等选本，并译成英文、俄文、日文等多种语言。

悲伤总随着夜幕一起降临

邰　筐

悲伤总随着夜幕一起降临。
那些每天挤在回家的人群里，
木偶般面无表情的人。
那些每天在黑暗中摸索着上楼梯，
又找不到钥匙开门的人。
是什么一下子揪住了他们的心？

人只有在夜色中才能裸露自己的灵魂。
他们蘸着月光清洗眼中的沙子，
他们扯出身体里隐藏的乌云，
就像从破袄里扯出棉絮，而悲伤却总是
挥之不去。它有着尖细的嘴，它钻进你的肉里，
融入你的血液，并跟随着心跳走遍你的全身。

悲伤总随着夜幕一起降临

部笛

悲伤总随着夜幕一起降临。
那些白天挤在回家的人群里，
木偶般面无表情的人。
那些每天在黑暗中摸索着上楼梯，
又找不到钥匙开门的人。
是什么一下子揪住了他们的心？

人们在夜色中才能裸露自己的灵魂。
他们蘸着月光清洗眼中的沙子，
他们扯出身体里隐藏的乌云，
就像从破袄里扯出棉絮，而悲伤却总是
挥之不去。它有着尖细的嘴，它钻进你的肉里，
畅饮你的血液，并跟随着心跳走遍你的全身。

诗人档案

徐俊国（1971～　），生于山东青岛平度。中国作家协会会员。参加《诗刊》社第二十二届“青春诗会”。现居上海。著有诗集《鹅塘村纪事》《致万物》和诗绘本《你我之间隔着一朵花》等六部。获华文青年诗人奖、冰心散文奖、汉语诗歌双年十佳、中国散文诗大奖等奖项。

大仓桥

徐俊国

有一些鱼经过我，我却叫不上它们的名字。
陌生是好的。互不相识，也互不亏欠。

一颗安静的心，对得起红尘滚滚的生活，
干净的夜风，对得起一条河蜿蜒向前的浑浊。

从桥上看，北斗七星有些陈旧，
它正好可以低调，不璀璨，也不孤单。
月光也有稀薄的时刻，
但大仓桥依然明亮，因为它古老。

你看，风吹着有沧桑感的事物，
总是那么恭敬。

大仓桥 / 徐俊国

有一些鱼经过我
我却叫不上它们的名字。
陌生是好的，互不相识，也互不亏欠。

一颗安静的心，对得起红尘滚滚的生活，
干净的夜风，对得起一条河蜿蜒向前的浑浊。

从桥上看，北斗七星有些陈旧，
它正好可以低调，不璀璨，也不孤单。
月光也有稀薄的时刻，
但大仓桥依然明亮，因为它古老。

你看，风吹着有沧桑感的事物，
总是那么恭敬。

2020年夏，我的花园。

诗人档案

宗霆锋(1968~　)，生于陕北吴起县。迄今完成《食桑集》《激情和恐惧》《太阳锋利的红色》《祈祷的牛走向金色草垛》《梦幻卢舍那》等诗集以及《吉祥村寓言》《灯神》《鸟群飞动》等诗剧和长诗。2006年参加《诗刊》社第二十二届"青春诗会"。2007年通过东芝SD卡发行全球首部电子诗集《袖珍迷宫》。出版诗集《渐慢渐深的山楂树》《宗霆锋诗选》。2012年起，客居北京宋庄，从事文学写作及绘画创作。

暗夜诗章之三

宗霆锋

1

第三夜的雷电送来我的旧地址。

镜子里陌生的脸原来是我至亲的人。我开始梦见雨打梨花，邻家少女在铜镜里试穿血红的嫁衣。
我手中的长剑铮铮而鸣。今夜无酒无诗，我怀念最寒冷的铁。

穿过古箫声的月光妖异地红，使我的心肠变热。我恍然知道我已经再也不能见到那个约了我的人，只因她从头到尾根本不曾存在过。但为什么我想起她的时候，暗夜的芙蕖总会变红，总会变热?

我的梦逐渐靠拢往昔的城——但那是一座空城。

回到前生的我就像离家太久的浪子，找不到那扇曾经为我开启的门。

2

我的悲伤在暗夜如同玫瑰，低沉的香味静静地弥漫。而我并不知道自己为什么悲伤。我的健忘症迫使我总停留在开始的那边。世界在自身的无限中无限地展开，穷尽种种可能，我的叙述不得不反复回到最基本的那道闪电。

一个声音从黑暗里问道：

“阿卡特，你看到什么？”

“我看到冰河因为拒绝流泪而轰然决断；辗转流落在大地上的狼群在无望地流浪——它们有着悲惨的历史和坚定的品性；一个老人面临终结，冷静地嘱咐家人为他穿上盛装。”

“阿卡特哟，你又听到什么？”

“我听到僧侣们彻夜背诵着月亮；极北之地开阔的河床上流淌着雷火；一个我曾看着他出生和成长的孩子停止了哭泣，握紧他手中的花籽。”

宋逸民的诗

暗夜诗章 之三

1

第三夜的雷电送来我的旧地址。

镜子里陌生的脸原来是我至亲的人。我开始梦见雨打梨花，邻家女子在铜镜里试穿血红的嫁衣。

我手中的长剑铮铮而鸣。今夜无酒无诗，我怀念最寒冷的铁。

穿过古箫声的月光妖异地红，使我的心暗暗变热。我恍然知道我已经再也不能见到那个约了我的人，只因她从头到尾根本不曾存在过。但为什么我想起她的时候暗夜的芙蕖总会变红，总会变热？

我的梦逐渐靠拢往昔的城——但那是一座空城。

回到前生的我就像离家太久的浪子，找不到那扇曾经为我开启的门。

2

我们的进化在暗夜如同玫瑰的低沉的香味静静地弥漫。而我并不知道自己为什么进化。我们徒然被迫使我总是停留在开始的那边。世界在自身的无限中无限地展开，穷尽种种可能，我们全速又缓又反复回到最基本的那道闪电。

一个声音从黑暗里问道：

"阿尔特，你看到什么？"

"我看到冰河因为拒绝流淌而喜悦、决断；狼群流落在大地上的狼群们在无望地流浪——它们有着悲惨的历史和坚定的品性；一个老人面临终结，冷静地嘱咐家人为他穿上盛装。"

"阿尔特姆，你又听到什么？"

"我听到僧侣们彻夜背诵着月亮；极北之地开阔的河床上流淌着篝火；一个我曾看着他出生和成长的孩子停止了哭泣，握紧他手中的花籽。"

诗人档案

哥布（1964~　），哈尼族，云南省元阳县人。中国作家协会会员。用哈尼文和汉文进行创作。1986年开始发表作品。曾参加《诗刊》社第二十二届“青春诗会”。出版诗集《母语》，长卷文化散文《大地雕塑——哈尼梯田文化解读》，叙事长诗《神圣的村庄》《醒来的西隆山》等十一部。作品曾获第一、二、四届云南省文学艺术创作奖励基金奖和第五届全国少数民族文学创作骏马奖、首届《民族文学》年度诗歌奖、第九届湄公河流域国家文学奖等奖项。现居云南蒙自市。

母　亲

哥　布

母亲从山里来看我
她不知道我的汉名
人们不知道我的哈尼名
我的母亲问了好多人
人们听不懂她的话

我的母亲在高楼下
矮矮的黑黑的走来走去
很多人陌生地看着她
她走累了　没有找到我
人们看见街边的墙角
一个黑女人甜甜地睡着了
（她在梦里一定见到了我）
她的手放在背篓上

里面是给我新做的衣服

我的母亲不知道
她的儿子还会写诗
不知道儿子在外地参加笔会
我的越来越老的母亲
孤独地守护着一个火塘

我的母亲没有找到我
我在外地的宾馆喝茶
听评论家美丽的言辞
微笑久久挂在脸上
不时到街上
背手看穿连衣裙的姑娘

我的母亲没有找到我
她吃完树叶包着的糯米饭
就悄悄地走出小城
看远山的炊烟这样温暖
她想儿子为什么要长大呢
儿子为什么要长大呢

母亲

哈尼族　哥布

母亲从山里来看我
她不知道我的汉名
人们不知道我的哈尼名
我的母亲问了好多人
人们听不懂她的话

我的母亲在高楼下
矮矮的黑黑的走来走去
很多人陌生地看着她
她走累了　没有找到我
人们看见街边的墙角

一个黑女人甜甜地睡着了
（她在梦里一定见到了我）
她的手放在背篓上
里面是给我新做的衣服

我的母亲不知道
她的儿子还会写诗
不知道儿子在外地参加笔会
我的越来越老的母亲，
孤独地守护着一个火塘

我的母亲没有找到我
我在外地的宾馆喝茶，
听评论家美丽的言辞
微笑久久挂在脸上
不时到街上
背手看穿连衣裙的姑娘

我的母亲没有找到我
她吃完树叶包着的糯米饭
孤零零地走出小城
看这山的炊烟这样温暖
她想儿子为什么要长大呢
儿子为什么要长大呢

1986年

诗人档案

成路（1968~　），生于陕西省洛川县石头街。中国作家协会、中国文艺评论家协会会员。著诗集、诗学理论、非虚构作品等十二部。荣获第二届柳青文学奖、中国首届地域诗歌创作奖、第八届中国·散文诗大奖、鲁迅文学奖责任编辑奖、延安市有突出贡献专家等奖项。参加《诗刊》社第二十二届“青春诗会”。

母　水（长诗之二）

成　路

十二座城堡*的前膝跪进河
十二个姊妹捶打铜鼓上的蟒纹

鼓点掀起的风群
和英勇的死者把光埋进夯墙的体内
随即长出胚芽
就像灵魂让血液回流

铜鼓在响
祖母的马群的铃铛在响

---

* 内蒙古准格尔旗十二连城城墙伸入黄河，民间传说，此城为北宋时期杨家将佘太君率十二寡妇征西所筑。《元和郡县志》记载，十二连城始建于隋文帝开皇三年（583年）。

戈上的铁，或者红
是千变万化地燃烧的火
是奉献的骨头
是我隔世守在马面上的兄弟

厚实的夯墙把箭矢，火弩，马匹，烽烟
堆起，放置进眼睛的尽头

而我，和十二个姊妹
把河水扶起，把城堡扶起
沐浴岁月的慈光
就像英勇的死者倾听祈祷的颂词

母心（生活节选之二）

阿鸽

十二座城堡①的前门紧挽进河
十二个姊妹捶打铜鼓上的蟠纹

鼓点掀起的风群
和英勇的死者把光埋进布墙的体内
随即长出胚芽
就像灵魂和血液回流

铜鼓在响
祖母的马群的铃铛在响

头上的铁，或者红
是千变万化燃烧的火
是奉献的骨头
是代隔世穿在马面上的兄弟

厚实的布墙把箭矢，火器，马匹，烽烟

垛起，放置进眼睛的尽头

而我，和十二个姊妹
把河水扶起，把城堡扶起
沐浴岁月的慈光
就像英勇的我着倾听新诗的颂词

2005年

① 内蒙古准格尔旗十二连城城墙伸入黄河，民间传说，此城为北宋时期杨家将佘太君率十二寡妇征西所筑，《元和郡县志》记载，十二连城始建于隋文帝开皇三年（583年）。

诗人档案

黄钺（1966~　），原名李金水，广东吴川人。2006年参加《诗刊》社第二十二届“青春诗会”。著有诗集《终南积雪》等。有作品入选《2001中国年度最佳诗歌》《2008中国年度散文诗》《2014中国年度诗歌》《新中国60年文学大系·散文诗卷》《中国散文诗一百年大系》等。

一个挖沙螺的人的姿势

黄　钺

掘开，跪下，双手向下
然后才是，取出
然后才是，呼吸
仿佛一次虔诚的朝拜：方向自定

有了挖沙螺的人
河滩的风景，才是活的
有了挖沙螺的人
河滩的风景，充满了哲理：
一个人下跪的次数愈多
她篮子里的重量愈重

一个挖沙螺的人的姿势
一个被挖后留下的洞：
生活的一个小小的入口
第二天，再被心有灵犀的潮水
一一抚平

一个挖河螺的人的姿势

梦铭

掘开，跪下，双手向下
然后才是，取出
然后才是，呼吸
仿佛一次虔诚的朝拜：方向自定

有了挖沙螺的人
河滩的风景，才是活的
有了挖河螺的人
河滩的风景，充满了哲理：
一个人下跪的次数愈多

她篮子里的重量愈重

一个挖沙螺的人的姿势
一个被挖后留下的洞；
生活的一个女人的入口
第二天，再被从前来[illegible]的潮水
一一抚平。

诗人档案

霍竹山（1965~　），生于陕北农村。中国作家协会会员。已在《诗刊》《人民文学》《解放军文艺》《青年文学》《中国作家》等百十家报刊发表作品二百六十多万字，作品入选几十种选集。曾参加中国作家协会第八次全国作代会，《诗刊》社第二十二届“青春诗会”。著有诗集《农历里的白于山》《兰花花》等九部，散文集《聊瞭陕北》，长篇小说《野人河》《黄土地》等。获过《诗选刊》年度诗人奖、陕西省优秀文学作品奖、柳青文学奖等奖项。

萝卜　萝卜

霍竹山

说到萝卜
弟弟的沮丧好像没小心掉进沟里才爬上来
十四亩萝卜只卖了八百元
而投入的一万多元和一天天的汗珠
像这个秋天的一片落叶
在弟弟的一声咳嗽声里飘落

让弟弟闹不明白的是
去年一斤一元多喜悦的萝卜
今年怎么就变成七分钱的可怜
还有年初签下收购合同的蔬菜贩子
宁可扔下信誓旦旦的订金不要
跑得风一样不见踪迹
还有城里人比马还跑得快的口味

今年换成什么已经不重要了
关键是明年，以及明年以后的明年
让收获成为笑声
而不再是梦

其实说到萝卜
我前几天回家弟弟想说什么却没说出口
但从弟弟忧虑的眼神中我看明白了
他是想叫城里人都变成兔子
那他今年的萝卜
一定不会悲伤

萝卜 萝卜

霍竹山

说到萝卜
弟弟的沮丧好像没小心摔进沟里
才爬上来
十四亩萝卜只卖了八百元
而投入的一万多元，和一天天的汗珠
像这个秋天的一片落叶
在弟弟的一声咳嗽声里飘落

让弟弟闹不明白的是
去年一斤一元多喜悦的萝卜
今年怎么就变成七分钱的可怜
还有年初签下收购合同的蔬菜贩子
宁可扔下信誓旦旦的订金不要
跑得风一样不见踪迹
还有城里人比马还跑的快的口味

今年换成什么已经不重要了
关键是明年、以及明年以后的明年
让收获成为笑声
而不再是梦

其实说到萝卜
我前几天回家弟弟想说什么却没说出口
但从弟弟忧虑的眼神中我看明白了
他是想叫城里人都变成兔子
那他今年的萝卜一定不会悲伤

2010年10月

诗人档案

吴海斌（1971～ ），山西黎城人。有诗作在《诗刊》《星星》《诗选刊》等刊物发表，并入选多种年度选本。著有诗集《冰在零度以下活着》《羊皮书》。参加《诗刊》社第二十二届“青春诗会”。

出太行记

吴海斌

我不独坐深山，也不用千年老林
托举孤月，我只在幽谷喂马
我不乘梅杜莎之筏，不食腐肉
我在飞瀑上，放养成群结队的貔虎

我出太行，把盘旋在绝壁的险途
当作系着酒壶的软绳，和散开的卷尺
我在悬崖边叠罗汉，和枯树说浆果
和岩石说漂泊，和鹰说静止
我在瓷里找泥，在纹饰中找铜
在雕塑中，听神仙呼吸

我要在马上挥鞭，向美人赠剑
我要把涌向天边的松叶，用雨奏响
但我只是一株枯莲，垂下莲子的小庙宇
在等山外的微尘，点燃火种的秘密

出太行记

吴沛斌

我不独坐深山，也不同千年老林
托举孤月，我只在幽谷喂马

我不乘梅杜莎之筏，不食腐肉
我在飞瀑上，放养成群结队的貔貅

我出太行，把盘旋在绝壁的险途
当作系着酒壶的软缰，和劈开的苍天

我在悬崖边叠罗汉，和枯树说因果
和岩石说漂泊，和鹰说静止

我在瓷里找泥，在纹饰中找钥
在图腾中，听神仙呼吸

我要在马上挥鞭，向美人赠剑
我要把酒向天边的树叶，用雨奏响

但我只是一株枯莲，要下莲子的小庙宇
在故山外的镜尘，点燃火种的秘密

2019. 6.

诗人档案

单永珍（1969～　），回族，祖籍宁夏西吉县。参加《诗刊》社第二十二届“青春诗会”。著有诗集《哗哗哗哗》等六部。曾获宁夏文艺奖、《飞天》十年文学奖等奖项。中国作家协会会员。

有所谓

单永珍

日出。我紧紧攥住睡醒的葵花头
朝着夜晚的方向

早晨，葵头向西
正午，葵头向西

时间漫长得仿佛经历一场脑颅手术

暮晚，太阳夕照
我松开手。我坚信
此刻，葵头当向西

但当我松开手，惊讶地发现
向日葵黄金的脸盘转向东方
它艰难转向的瞬间
竟把我，疼出
一身冷汗

有所谓

覃永珍

日出，我呆呆攥住睡醒的葵头
朝着温暖的方向

晨，葵头向西
午，葵头向西

时间漫长得仿佛经历一场脑颅手术

暮晚，夕照
我松开手，我坚信
此刻，葵头当向西

但当我松开手，惊讶发现
向日葵黄色的脸盘转向东方
它艰难转向的瞬间
竟把我，疼出
一身冷汗

——发表于《绿风》2020年1期

诗人档案

杨邪（1972~　），出生于浙江温岭。先锋诗人、小说家。作品约两百万字散见于国内外刊物。著有诗集《非法分子》，中短篇小说集《到金茂大厦去》。曾获台湾第二十三届“时报文学奖”等奖项。参加了《诗刊》社第二十二届“青春诗会”。部分诗作被译介至澳大利亚、美国、加拿大、越南、韩国；2019年，中英文对照诗集Dangling（欧阳昱译）由Puncher & Wattmann于澳大利亚出版发行。现居家写作，为中国作家协会会员。

黑　哨

杨　邪

我不喜欢足球
所以从未让足球赛的画面
在电视里停留的时间
超过三秒钟

例外的是不久前
在一个电视新闻节目里
我仔细观看了一组
十秒钟以上的足球赛画面
——射门后足球没能进入球门
一名五六岁的孩子
他在球场外抱了那个球
慢腾腾地
于众目睽睽之下

他把球抱到了球门口
他把球滚入了球门里
多么幽默的小孩子
而更幽默的
却是裁判
她随后吹起了哨子
她判定这个球
进了

这是一组现场录像的
真实画面
新闻播音员说这是某国的球员在
与某某国的球员进行比赛
负责吹哨的则是
国际裁判某某某——
说着还顺便播出了一张
她嘴里衔着哨子时的
挺严肃的照片儿

看完这则新闻
我觉得自己似乎突然
喜欢上足球了

黑哨

杨郭

我不喜欢足球
所以从来让足球赛的画面
在电视里停留的时间
超过三秒钟

例外的是不久前
在一个电视新闻节目里
我仔细观看了一组
十秒钟以上的足球赛画面
—— 射门后足球没能进入球门
一名五六岁的孩子
他在球场外抱了那个球
慢腾腾地
于众目睽睽之下
他把球抱到了球门口
他把球滚入了球门里
多么幽默的小孩子
而更幽默的

却是裁判
她随后吹起了哨子
她判定这个球
进了

这是一组现场录像的
真实画面
新闻播音员说这是某国的球队在
与某某国的球队进行比赛
负责吹哨的则是
国际裁判某某某——
说着还顺便播出了一张
她嘴里衔着哨子时的
挺严肃的照片儿

看完这则新闻
我觉得自己似乎突然
喜欢上足球了

2006.10.8 上海—银川K360次列车
（赴银川参加第22届青春诗会途中）

诗人档案

苏浅（1970~ ），女，辽宁大连人。曾参加《诗刊》社第二十二届“青春诗会”。著有诗集《更深的蓝》《出发去乌里》等。作品入选多种年度选本。曾获《诗选刊》2004中国年度先锋诗歌奖。

恒河：逝水

苏　浅

三月无风，恒河停在黄昏
站在岸边的人，一边和鸟群说着再见一边想起
昨夜在梦里悄悄死过无人知道

从没有一种约会像死亡这样直接
一生啊。它伸手抱住什么，什么就成为火焰
一生怎么会这样美
刚开始是花瓣，后来是蝴蝶

刚开始是一滴雨
后来是恒河

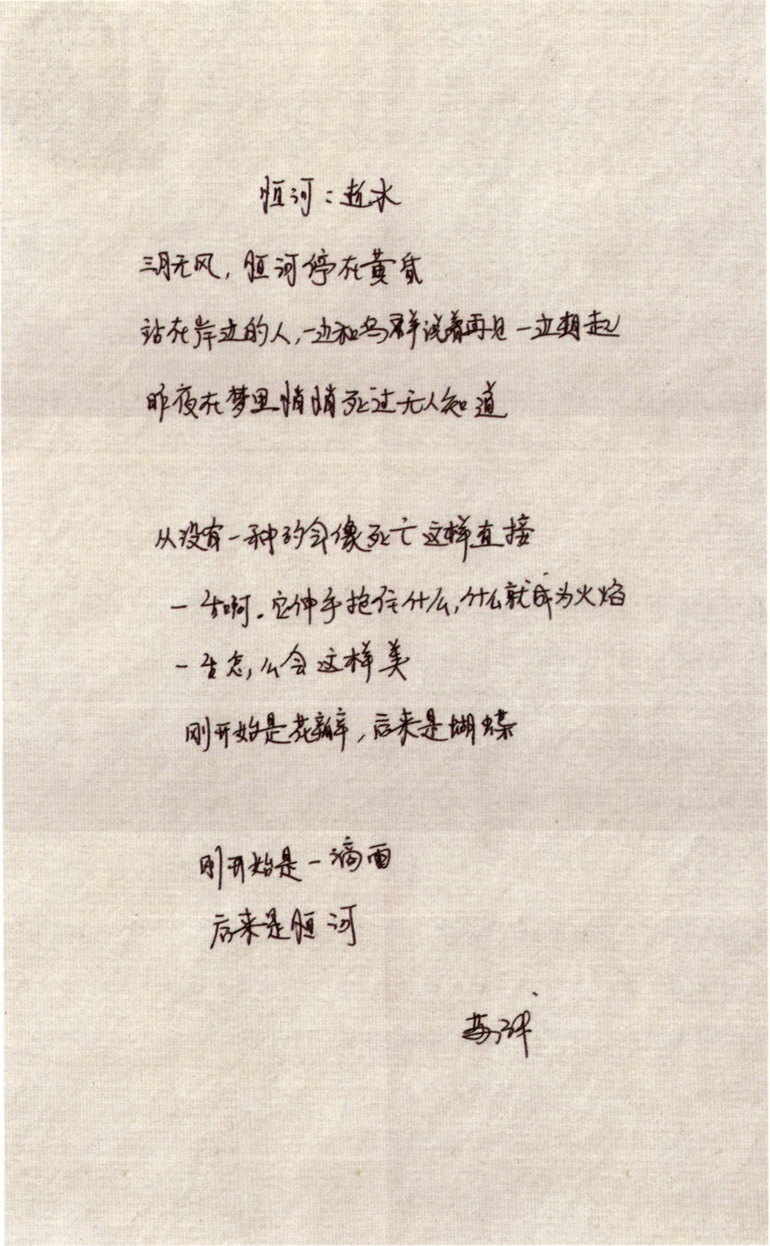
恒河：逝水

三月无风，恒河停在黄昏
站在岸边的人，一边和鸟群说着再见一边翻起
昨夜在梦里悄悄死过无人知道

从没有一种诗会像死亡这样直接
一条河，它伸手抱住什么，什么就成为火焰
一生怎么会这样美
刚开始是花瓣，后来是蝴蝶

刚开始是一滴雨
后来是恒河

苏浅

诗人档案

娜仁琪琪格（1971～ ），女，蒙古族，辽宁朝阳人。中国作家协会会员。作品散见《人民文学》《诗刊》《星星》《诗潮》《诗林》《诗歌月刊》《民族文学》《十月》等刊物，入选多种选本。参加过《诗刊》社第二十二届“青春诗会”。著有诗集《在时光的鳞片上》《嵌入时光的褶皱》《风吹草低》。有作品被翻译推介到国外。现居北京。

风　骨

娜仁琪琪格

我依然要开出美好的花朵　柔软　清澈
汁液鲜润　温情饱满　是生命使然
简单的绽放　必须经过逼仄的冷寒
利欲布施的阴霾浓重　泼出来的寒凉
黑加深了黑　天空一低再低　挤压的迫切
灰与暗　扭曲　狂妄　那些小　被我逐一看清

迎着风站稳　微笑着倾听肆虐　冷漠的围困
硬过坚冰　我依然是微笑的　取出锋刃
人怎可无傲骨　劈下去　混沌轰然倒塌　这开裂
使白更白　黑更黑　阴暗无法躲藏

风骨

娜仁琪琪格

我依然，要开出美好的花朵 柔软 清澈
汁液鲜润 温情饱满 是生命使然，
简单的绽放 必须经过逼仄的冷寒
利欲布施的阴霾浓重 泼出来的寒凉
黑，加深了黑，天空一低再低 挤压的迫切
灰与暗 扭曲 狂妄 那些小 被我逐一看清

迎着风站稳 微笑着倾听肆虐 冷漠的围困
硬过坚冰 我依然是微笑的 取出锋刃
人怎可无傲骨 劈下去 混沌轰然倒塌 迸裂
使白更白 黑更黑，阴暗无法躲藏

2013.2.28日创作
2020.5.3手书

诗人档案

李小洛（1970~　），女，生于陕西安康。陕西文学院签约作家。曾参加《诗刊》社第二十二届“青春诗会”。就读第七届鲁迅文学院高研班。曾获第四届华文青年诗人奖、郭沫若诗歌奖、柳青文学奖等奖项。当选“新世纪十佳青年女诗人”，“中国当代十大杰出青年诗人”，“陕西省百名青年文学艺术家”，“陕西省六个一批人才”。著有诗集《偏爱》《偏与爱》《七天》《孤独书》，随笔集《两个字》，书画集《水墨系》《旁观者》等。

沉默者

李小洛

并不是每个人都能保守秘密
并不是每朵花都能在春天接近完美
你不能从我这里得到任何馈赠
客人或幕宾，都不能

现在，每天我都要抽时间
去那些空了的房子里看看
但已决定不再开口讲话
简单的招呼，问答，也不会有了
我要让这一切成为习惯

如果不需任何努力就可以变回一株菠菜
如果可以选择两种方式的生活
我就选离你最近的一种
停下来，不再生长
一直沉默，一直病着

沉默者

李小洛

并不是每个人都能保守秘密
并不是每朵花都能在春天按时绽放
你不能从我这里得到任何馈赠
恋人和嘉宾，都不能

现在，每天我都要抽出时间
去那些空了的房子里看看
但已决定不再开口讲话
简单的手势、问答，也全省略
我学会让这一切成为习惯

如果不需任何努力就可以像它一样存在
如果可以选择哪种方式的生活
我就选离你最近的一种
停下来，不再生长
一直沉默，一直站着

2016年7月

诗人档案

李云（1969～　），女，山东济南人。笔名七月的海。中国作家协会会员。参加《诗刊》社第二十二届“青春诗会”。鲁迅文学院第二十一届中青年作家高研班学员。作品散见于《诗刊》《星星》《中国诗歌》等。著有诗集《最美的神》等三部。

空镜子

李　云

怎么也不能确定一辆豪华汽车
会被一场大雾拆散
一个村庄会失踪于一场大雨
高高在上的月亮
一旦被摘下，就变得脆弱而透明了
像空镜子、像水泡，一次次被浮出水面的红鲤抹平
这个夏天，她终于
放弃了水中物什，在飞翔中
轻轻接近一朵昙花：轻轻舞去。一袭白裙。偶尔解开长发
她不知道，植物的体内
还有另一条河流，另一条……
在无边的下陷中，她含住了花朵们无边的忧虑

空镜子

李云

怎么也不能确定一辆豪华汽车
会被一场大雾抹散
一个村庄会失踪于一场大雨
高高在上的月亮
一旦被摘下，就变得脆弱透明了
像空镜子。像水泡，一次次被浮出
水面的红鲤抹平
这个夏天，她终于
放弃了水中物件，在飞翔中
轻轻掠过一朵昙花：轻轻舞去，一袭
白裙。偶尔解开长发。
她不知道 植物的体内
还有另一条河流，另一条……
在无边的下陷中，她含住了花朵们
无边的忧虑

2006年4月26日

诗人档案

樊康琴（1971～　），女，笔名樊樊，生于甘肃武都。诗人、评论家。有诗歌、评论、访谈、随笔、散文见于各种刊物。曾参加《诗刊》社第二十二届“青春诗会”。出版诗集《樊樊诗选》《1988年的河床》《蝴蝶蓝》等，诗歌评论集《缪斯的孩子》。

钓

樊康琴

阳光。河滩。鱼和钓鱼人
今天，他和它们还在
我不懂垂钓
不懂得鱼饵、线和漂的学问
我喜欢远远的
做一个旁观者

远远看着：
替第一条鱼流两滴泪
替第二条鱼叹息一声
但我越来越相信
最后一条咬钩的鱼是快乐的
它藏的最深的快乐
就是鱼钩带给它的疼

在垂钓者眼里
我比鱼儿还安静。燃烧的夕阳
是又大又圆的鱼饵，但快要被收回
这疼痛中缓慢流失的时光
也不是浪费
薄暮时分
我有最美最丰盛的晚宴
有伤痛的，不忍在针尖上
说出的
狂喜和幸福

钓

樊樊（樊康琴）

阳光。河滩。鱼和钓鱼的人
今天，他和它们还在
我不懂垂钓
不懂得渔饵、线和漂的学问
我喜欢远远的
做一个旁观者

远远看看，
替第一条鱼流两滴泪
替第二条鱼叹息一声
但我越来越相信
最后一条咬钩的鱼是快乐的
它藏的最深的快乐
就是鱼钩带给它的疼

在垂钓者眼里
我比鱼儿还安静，燃烧的夕阳

是又大又圆的血饼、但只要抱它们
这疼痛中缓慢流失的时光
也不是浪费
薄暮时分
我有最美 最丰盛的晚宴
有伤痛的. 不忍在针尖上
滋生的
狂喜和幸福

（第二十二届青春诗会作品）

我亲历的第二十二届“青春诗会”

洪　烛

10月9日

“青春诗会”是中国新时期诗歌史的年轮。至少我是这么认为的。

它已历经26个年头，举办22届了。第二十二届“青春诗会”今年选择宁夏召开。由《诗刊》社、中坤集团主办，《朔方》杂志社协办。《诗刊》主编叶延滨、副主编李小雨、副社长王青风带队。从全国范围挑选了来自11个省、市、自治区的17位青年诗人。

我荣幸地被特邀为本届诗会的指导老师，与另四位指导老师王燕生、寇宗鄂、周所同、杨志学一起，辅导改稿工作。而“青春诗会”在我眼中，本身就是诗坛的“氧吧”，有着最新鲜的氧气。我是来“吸氧”的。

下午两点钟，飞机降落在宁夏银川市，《朔方》副主编杨梓、宁夏本地的代表单永珍等人，已提前在百吉大酒店代理会议报到的事务。晚饭时点名，全体成员都已到齐。端着酒杯彼此相认。

晚饭后，青年诗人们就分别拥进五位指导老师的房间。改稿工作提前进行。也算以诗会友吧。一直聊到深夜。来自福建的黄钺关心地问：“刚到达就谈诗，累吗？”我回答：“谈诗，正如谈恋爱，怎么可能感到累呢？”

10月10日

今天上午召开第二十二届“青春诗会”开幕式。主席台上除了《诗刊》社的三位领导，还坐着宁夏文联副主席冯剑华，中坤集团副老总李红雨，宁夏旅游局副局长薛刚，《朔方》副主编杨梓。

开幕式很隆重。杨森君、安奇等一批宁夏本地的诗人也来参加。宁夏的电视台、报纸都派来记者采访。诗会的随行记者，《文艺报》等媒体的武翩翩、罗四鸰，也忙个不停。

开幕式结束，接着举行一场研讨会。每位参加“青春诗会”的代表都讲述了各自写诗的心得体会，并与宁夏的诗人们交流。气氛热烈。

中午是宁夏回族自治区旅游局宴请，李春阳局长致祝酒词。他希望宁夏能给各地诗人带来新的灵感。

下午继续改稿工作。

10月11日

全天都安排在酒店里改稿。足不出户。

直到晚餐时《朔方》编辑部邀请大家去银川有名的老毛手抓馆吃羊肉，才真正在银川大街上散了一回步。

老毛手抓馆三楼的民族风情园，《朔方》的梦也唱了一首又一首蒙古族民歌，并喝下大杯的白酒。我们推举蒙古族女诗人娜仁琪琪格跟梦也对歌，娜仁琪琪格不好意思。倒是王燕生老师不怕唱歌，站了起来，自告奋勇要“卡拉一下，再OK一下”。被寇宗鄂老师戏谑地

诗会期间，王燕生老师与娜仁琪琪格合影（杨邪摄影）

“翻译”成“卡拉一下，再 Kiss 一下”。

王燕生老师歌唱得好。梦也想上前献哈达，可惜事先没预备。他有办法。跟服务员要来一卷白色卫生纸，扯下长长的一段，恭敬地围在王燕生老师脖子上。你别说，看过去还真像哈达。王燕生老师系着这纸做的哈达，唱得更带劲了。

那天晚上，热情豪爽的诗人梦也，喝多了白酒，醉了。坐在马路牙子上，怎么也扶不起来。他说是因为看见这么多写诗的朋友，高兴的。

我们踏着月光归去。一路欣赏银川夜景。银川真美。生活真美——尤其是因为有了诗歌。

10月12日

“青春诗会”的全部人马，包租一辆大面包旅游车（未来几天长途跋涉的“坐骑”），上路了。经过持续两天的室内改稿，每个人都像冲出笼子的小鸟样兴奋。前面是什么？还用问吗，是敞开了怀抱的宁夏大地，是即将由想象变成现实的风景、风俗——诗人们结为旅伴，在旅行中由陌生变得熟悉。各自的形象在彼此眼中，像涂了显影液，逐渐由模糊变得清晰。

第一站是银川南关清真寺，始建于明朝末年，1981 年在遗址上重建，具有阿拉伯式样民族特色，是宁夏清真寺中规模最大、景致最壮观的一座。

第二站是参观古老的承天寺塔，及其一侧的宁夏博物馆。走在博物馆展厅，连大大咧咧的陕西汉子霍竹山，都蹑手蹑脚的，说是怕惊动了历史。他还说宁夏与其故乡陕西相邻，许多历史都是相通的，譬如陕北的一些李姓，有可能是党项族首领李元昊创建的西夏国流散了的后裔，包括米脂的李自成。来自山西黎城的吴海斌，笑望霍竹山：“你长得也有几分像闯王。只不过你闯进的是诗坛。”报到那天，他俩被无意中安排住在同一个标准间，有人编了个谜语：“霍竹山与吴海斌同居。”谜底很煽情：“秦晋之好。”整个会议期间，他俩的这种结构再没被打乱过。

接着又拜访北郊的海宝塔，始建年代不详，相传为南北朝时期大夏国王赫连勃勃（407年）重修，乾隆年间毁于地震后又再修。古塔凌霄为宁夏八景之一。诗人们纷纷上前和古塔合影，仿佛抢着跟伟人握手。戴一副大墨镜的周所同，则领着“女弟子”李小洛登上塔顶，从窗口频频向塔下挥手，他那很“酷”的样子，本身就像一个伟人。

一个上午，在银川连续看了好几种塔。下午该去看贺兰山岩画了。贺兰山绵延500里，悬崖峭壁间，凿刻着数以万计的古代岩画，记录了几千年前放牧、狩猎、祭祀、争战、娱舞等生活场景，绝对属于原创。一路走着，一路看着，就像看一套连环画。我在看画中人，画中人也在看我吗？我边看边想：谁若能顺手把我们这一行人，也给画下来，该有多好——刻在石头上，权当本届青春诗会集体照了，我们就永远活在青春里了……正在这时，闪光灯亮了，记者出身的李小洛又在“偷拍”。一路上她都在“偷拍”青春。

第一次听说贺兰山，还是因为岳飞的《满江红》：“驾长车，踏破贺兰山缺……”想不到今天亲眼见到了。我建议，诗会的每个人，都该给贺兰山献一首诗，就当敬一个礼。哪怕早有岳飞题诗在上头。

顶着夕阳，又去了小说家张贤亮创办的镇北堡西部影城。原址为明清时代的边防城堡，早成了废墟。张贤亮下海后的拿手好戏就是“出卖荒凉”，并且卖了个好价钱。门票挺贵的。弄得老诗人王燕生都有点心疼了（他只有在买酒时不嫌贵）：“张贤亮也是个诗人，应该给咱们《诗刊》的代表团免票的。”那位年轻的诗人，后来改写小说了，再后来又当老板了。

晚上投宿在与西部影城相邻的兰一山庄。由《朔方》编辑梦也出

第二十二届“青春诗会”期间，指导老师与学员们合影

面联系的，他与山庄的老总很熟，老总也是个写诗的。晚餐后隆重举办了第二十二届“青春诗会”朗诵会，所有诗人都登台表演节目。先上台的都是手拿诗稿照着念的，青春诗会的“老教头”王燕生（第一届就由他辅导的）看不下去了，冲上台“训话”，颇像马俊仁操练“马家军”那样严厉：“年轻人，你们朗诵时还要拿着稿子吗？那可是你们自己写的诗呀。应该是从心里流出来的，难道还记不住吗？”作为示范，他凭记忆朗诵了自己的《雪地上的鸟》，声情并茂。在娱乐的时候他老人家都不忘记给青年诗人们上一课。后来上台的都不好意思带着稿子了，纷纷背诵各自印象较深的作品，气氛反倒更为活跃了。晚会的高潮是哈尼族诗人哥布演唱哈尼民歌，把听众的心从大西北一下子带到彩云之南，简直比光速还要快。唱完了，担任主持人的徐俊国、李小洛不让哥布下台，问他“我爱你”用哈尼语怎么讲，哥布笑眯眯地翻译了；又问“我深深地爱你们”怎么讲，哥布冲到台下，用哈尼语嘹亮地喊了出来，并且一遍又一遍地教大家说。大家都记住并学会了这句哈尼语，它成为本届“青春诗会”的流行语。即使若干年后，诗人们都老了，回忆起宁夏的这次相聚，恐怕都会喃喃自语地念叨这句话的。

青春诗会

第二十三届

2007

第二十三届（2007 年）

时间：

2007 年 10 月 17 日 ~ 22 日

地点：

北京门头沟斋堂龙泉宾馆

指导老师：

叶延滨、李小雨、林　莽、周所同、杨志学、蓝　野、唐　力等

参会学员（18 人）：

熊　焱、商　略、唐　诗、胡　杨、成　亮、陈国华、尤克利、孙方杰、周启垠、宁　建、阿卓务林、许　敏、包　苞、南　子、胡茗茗、马万里、邓朝晖、李飞骏

第二十三届“青春诗会”学员合影。前排左起：尤克利、唐诗、阿卓务林、南子、胡茗茗、马万里、邓朝晖、商略、陈国华；后排左起：孙方杰、许敏、包苞、成亮、李飞骏、胡杨、宁建、周启垠、熊焱

诗人档案

熊焱（1980~ ），贵州瓮安人。现居成都。参加了《诗刊》社第二十三届“青春诗会”。曾获华文青年诗人奖、四川文学奖、2016名人堂年度诗人等各种奖项。著有诗集《爱无尽》《闪电的回音》，长篇小说《白水谣》《血路》。

夜晚的羞愧

熊　焱

夜那么长，像一道深渊
我写下一粒粒文字，是为了倾听
从里面传来回音

如果笔力没有穿透纸背，我就会感到羞愧
那是因为我的孤独还不够深

如果从长夜的井底掘出的只是泉水
而不是光明，我也会感到羞愧
因为我已不再年轻，却一再辜负良辰

夜晚的羞愧

雅岚

夜那么长，像一道深渊
我听见一枝枝文字，是我的倾听
从里面传来的声音

如果笔力没有穿透纸背，我就会感到羞愧
那是因为我的指纹还不够深

如果那长夜的底片冲洗出来的
还不是光明，我也会感到羞愧
因为我已不再年轻，却一再辜负良辰——

诗人档案

商略（1970~ ）浙江余姚人。曾参加《诗刊》社第二十三届“青春诗会”。获《诗刊》社2012年度诗人奖。出版有诗集《南方地理志》《南方书简》及学术专著《有虞故物——会稽余姚虞氏古甓墓志汇释》(上海古籍出版社)。近年主要从事经学研究和古籍整理。已整理文献有《宋玄僖集》《姚江诗综》(历代姚江诗人诗合集)。

那　年

商　略

那年冒大雪
前往小镇车站
为了追上将要离去的灵魂

路上的寂静
可以用积雪的厚度来衡量
我们踩出脚印
为了让更多雪花填满

像人走了以后
时光终会抹去他生活的痕迹
所以我们要有一个像样的
告别

在大雪中彼此端详
一张再也看不到的脸
寂静的大雪
有古意，也有仁慈

因为太寂静
再也装不下其他寂静
所以我们得记住
像记忆贮存了一块冰

那年

商略

那年冒大雪
前往小镇车站
为了送上将要离去的灵魂

路上的寂静
可以用积雪的厚度来衡量
我们踩出脚印
为了让更多雪花填满

像人走了以后
时光终会抹去他生活的痕迹
所以我们要有一个像样的
告别

在大雪中彼此端详
一张再也见不到的脸
寂静的大雪
有古意，也有仁慈

因为太寂静
再也装不下其他寂静
所以我们得记住
像记忆贮存了一块冰

《诗刊》2019年11月上半月刊

诗人档案

唐诗（1967~　）本名唐德荣。中国重庆市荣昌区人。1985年开始发表文艺作品。出版文集十余部，主编十余部。作品翻译成十余种外国文字。主编《中国当代诗歌导读暨中国当代诗歌奖》（2013~2014）获得国际最佳诗集奖。文艺作品先后获得重庆文学奖、中国作家出版集团奖、中国文艺百花奖、中国艺术百花奖、中国文化艺术节"金鼠奖"终身成就奖、希腊国际文学艺术奖、联合国和平艺术奖等国内外各类奖项，获得国家文艺先进工作者等称号。

父亲有好多种病

唐　诗

父亲，您身上有好多种病。一想到这里
我的泪水就不知不觉地淌了出来。父亲，您身上
有红高粱发烧颜色，有水稻灌浆胀感
有屋后风中老核桃树的咳嗽……当我
看到您发青的脸庞，我感到，遍体的石头都在疼痛
父亲，您身上有松树常患不愈的关节炎，有笋子
出土的压抑，有从犁头那里得来的弓背走路的姿势
当看到您眼中黯淡的灯盏，我就像您身上掉下的
一根骨头，坐卧不安。父亲，您为什么有病也不想治
您为什么总是忧愁时抽着烟，坐在郁闷里
为了替您买药，瘦弱的弟弟，把痛苦压低10厘米
变卖了家里最后那头老水牛。而我住在白云飘过
窗口的城里，偶尔写点悠闲的小诗，却常常
忽略了您一拖再拖的病，更没想到用我的诗句

作您的药引。父亲，您只想苦熬着把疾病逼走
守着昏迷中的您，母亲哭得默不作声
父亲，红高粱说要治好您的发烧，老核桃树说
要治好您的咳嗽，水稻扬花的芬芳
会重新回到您的血管。父亲，现在，我正流着泪
为您写这首诗，我笔下的字，一粒比一粒沉
一个比一个重，像小时，您在老家弯曲的山道上
背着沉重的柴火和夕阳，一步一步地回家……

父亲有好多种病

廖诗

父亲，您身上有好多种病，一想到这里
我的泪水就不知不觉地淌了出来，父亲，您身上
有红高粱发烧的颜色，有水稻灌浆的胀感
有屋后风中老核桃树的咳嗽…… 当我
看到您发青的脸庞，我感到.遍体的石头都在疼痛
父亲，您身上有松树常患不愈的关节炎，有笋子
出土时的压抑，有从犁头那里得来的驼背走路的姿势
当看到您眼中黯淡的灯盏，我就像您身上掉下的
一根骨头，坐卧不安。父亲，您为什么有病也不想治
您为什么总是忧愁地抽着烟，坐在那间里
为了替您买药，瘦弱的弟弟，把痛苦压低了10公分
变卖了家里最后那头老水牛，而我住在白云飘过
窗口的城里，偶尔写点悠闲的小诗，却常常

忽略了您一拖再拖的痛，更没想到用我的诗句
作您的药引。父亲，您只想苦熬着把疾病逼走
守着昏迷中的您，母亲哭得默不作声
父亲，红高粱说要治好您的发烧，老核桃树说
要治好您的咳嗽，水稻扬花的芬芳
会重新回到您的饭碗。父亲，现在，我正流着泪
写这首诗，我笔下的字，一粒比一粒沉
一个比一个重，像小时，您在老家弯曲的山道上
背着沉重的夕阳和柴禾，一步一步地回家……

原载《诗刊》2007.12.上半月刊 23届诗会专号

诗人档案

胡杨（1966~　），出生于甘肃敦煌。曾参加《诗刊》社第二十三届“青春诗会”。中国作家协会会员，甘肃诗歌八骏之一。出版有《西部诗选》《敦煌》《绿洲扎撒》等诗集，《东方走廊》《敦煌风俗漫记》等散文集；《雄壮的嘉峪关》《罗布泊纪实》等地理文化丛书三十五部，曾荣获冰心散文奖、诗探索中国年度诗人奖、言子文学奖、黄河文学奖、敦煌文艺奖等奖项。

淘金者

胡　杨

又是一个春天了
妈妈，我的布口袋磨烂了
那一口袋的麦子，倒在罗布泊的锅里
我的汗水，只煮熟了这几粒金子
妈妈，春天了
我知道了什么是金子
黑夜里敲开家门
油灯下，光明像一群鸽子
一群嘴里衔满黄金的鸽子

淘金者

胡杨

又是一个春天了
妈妈，我的布口袋磨烂了
那一口袋的麦子
倒在了罗布泊的锅里
我的汗水，只煮熟了这几粒金子
妈妈，春天来了
我知道了什么是金子
黑夜里敲开家门
油灯下，光明像一群鸽子
一群嘴里衔满黄金的鸽子

2000年3月

诗人档案

成亮（1980～ ），原名成亮亮，山西高平人。在省、国家级刊物发表诗歌三百余首，发表大型组诗三十余组。有诗歌入选中国年度诗选多个选本。曾参加《诗刊》社第二十三届“青春诗会”。出版诗集《成亮的诗》。

麦　苗

成　亮

这个深秋的田野上
只有麦苗是绿色的
我坐在麦苗旁边享受着温暖的秋阳
也是在这个时刻
我想到去年的一些事情
许多民工在不远处的麦田里打机井
他们生活单调
除了上脚手架就是喝酒
一盘油炸花生米
就是他们最好的下酒菜
用筷子启瓶盖
用手抓花生米
还说一些粗粝的话
其中一个赤裸的胳膊上文了爱人的名字

还有伤痕
这让我想到他忧心的妻子
以及一场可怕的事故
现在，我写一首诗给他们
是因为
田里的麦苗比去年的更绿了一些

麦苗

成亮

这个深秋的田野上
只有麦苗是绿色的
我坐在麦田旁边享受温暖的秋阳
也是在这个时刻
我想到去年的一些事情
许多民工在不远处的麦田里打机井
他们生活单调
除了上脚手架就是喝酒
一盘油炸花生米
就是他们最好的下酒菜
用筷子启瓶盖
用手抓花生米
还说一些粗粝的话
其中一个赤裸的胳膊上纹了爱人的名字

还有伤痕

这让我想到他忧心的妻子

以及一场可怕的事故

现在，我写一首诗给他们

是因为

田里的麦苗比去年的更绿了一些

2020.6.2

诗人档案

尤克利（1965～　），山东沂南人。中国作家协会会员。在《诗刊》《星星》《飞天》《绿风》等数十家刊物发表诗歌千余首，入选过《中国年度诗歌》等数十种诗歌选本。著有诗集三部。曾获《诗刊》社第七届华文青年诗人奖、首届中国十大农民诗人奖、山东省政府第二届泰山文艺奖文学创作奖、第二届《飞天》十年文学奖等奖项。参加过《诗刊》社第二十三届“青春诗会”。出席了中国作协第九次全国代表大会。

春天向北，秋天向南

尤克利

那片被雁阵飞过的天空是有福的
它宁静致远
闪着悲悯的光芒，让大地更加空旷

那些听过沧桑雁声的田园和河流
是有福的，那福分给了麦苗青
和菊花黄；那些抬头仰望
视线被拉远又收回的人们
是有福的，他们更加习惯了寒来暑往

春天向北，秋天向南
谁也改变不了季节的方向
那赤道以北的半个西瓜是有福的
雁阵飞不出诗经的国度

留鸟留守，家园即是永久的故乡

那些向麦季和秋收撑开口袋的人
是有福的，天生拙笨
他们还没有长出赤道以北的翅膀

春天向北，秋天向南

尤克利　尤克利印

那片被雁阵飞过的天空是有福的
它宁静致远
闪着悲悯的光芒，让大地更加空旷

那些听过沧桑雁声的田园和河流
是有福的，那福分恰似麦苗青
和菊花黄，那些抬头仰望
视线被拉远又收回的人们
是有福的，他们更加习惯了寒来暑往

春天向北，秋天向南
谁也改变不了季节的方向
那赤道以北的半个西瓜是有福的
雁阵飞不出诗经的国度
留鸟留守，家国即是永久的故乡

那些向春季和秋收撑开口袋的人
是有福的，天生拙笨
他们还没有长出赤道以北的翅膀

光克利作于2007年春
2020年抄写

诗人档案

孙方杰（1968~　），山东寿光人。著有诗集《我热爱我的诗歌》《逐渐临近的别离》《钢铁是怎样炼成的》《半生罪半生爱》《路过这十年》《命运综合征》等多部。入围第五、六、七届华文青年诗人奖，入选第三辑文学鲁军新锐，获山东省泰山文学奖等多种奖项。参加《诗刊》社第二十三届“青春诗会”。山东省作家协会签约作家，中国作家协会会员。

一只蚂蚁来到树上

孙方杰

一只蚂蚁来到树上，
这是立春之后的第一只蚂蚁，
它为大树送来了春天的消息，
喊大地从冬眠中苏醒。

一只蚂蚁来到树上，
它和大树有了一个秘密的约定。
每棵大树都有飞翔的理想，
才从大地升向天空；
每一只蚂蚁都渴望看得更远，
所以才来到树上，频频地
目测树梢与天空的距离。

恍然间，我看见了自己
童年和少年的我，向着一棵树的顶端
奋力地爬着……而今
我已人到中年，仍没有爬到
一只蚂蚁所爬上的高度。

一只蚂蚁爬到树上

孙方杰

一只蚂蚁爬到树上
这是立春之后的第一只蚂蚁
它为大树送来春天的消息
说大地从冬眠中苏醒

一只蚂蚁爬到树上
它和大树有了一个秘密的约定
每棵大树都有飞翔的理想
才从大地升向天空
每一只蚂蚁都渴望看得更远
所以才爬到树上，一趟趟地
目测树梢与天空的距离

恍惚间，我看见了自己
童年和少年的我，向着一棵树的顶端
奋力地爬着……而今
我已人到中年，仍没有爬到
一只蚂蚁所爬上的高度

2007年青春诗会手稿.

诗人档案

周启垠（1969～　），出生于安徽六安市。中国作家协会会员。参加了《诗刊》社第二十三届“青春诗会”，中国作协第九次全国代表大会。先后在《诗刊》《星星》《绿风》《诗歌月刊》《解放军文艺》《人民日报》《解放军报》等全国多家报刊发表诗歌、散文、报告文学等作品。有作品荣获全国乌金文学奖、“美岛杯”全国诗歌大奖赛一等奖、全军文艺新作品二等奖、解放军抗洪作品一等奖等奖项。出版诗集《鸽子飞过》《红藤》《激情年代》，散文集《心灵贵族》《平步山水》等多部。有作品入选新中国70年优秀文学作品文库、中国年度优秀诗歌、解放军文艺大系等多种选集。

蝴蝶效应

周启垠

穿越哲学的一只蝴蝶，美丽的翅膀
扇出亚马逊的一缕微风，到中国的高山村依然
能吹出一春天的花朵，那落地生根于安徽的花朵
让离别家乡的人，一年年穿越千万里的追寻
能看到颤动的花瓣，浮出亲切的茅草村庄
那原生的、单调的、寂静的
来来往往都是沾亲带故的村庄
最高处喧闹着土得掉渣的方言
而这方言，正是一个又一个人心里
盘结的根，而那蝴蝶，翩翩起舞
优雅地脱离爱德华·诺顿·洛伦兹的眼睛
飞越太平洋，大西洋，印度洋……过山的时候
是珠穆朗玛峰的侧翼贴紧了它的翼
漂亮地奏出一曲诗歌的和声

而再一次扇起的风，抵达挪威的森林
那一年五月我在森林的木屋里静默地打坐
我看见远处一片红瓦的房子点缀在大海与峰峦之间
被蝴蝶掀起的波浪，簇拥成人类跳跃的华章
我会心地微笑，握紧自己的手
不知道还有谁到底把我珍贵的分分秒秒偷走
当我坐回北京某个大楼朝北的十六层房子
那窗户外的阳光再一次迎接了蝴蝶
一天天我又看见它越过山丘，越过河流
越过白发与青春的肩头
它还是那么欢快地在飞动
我开始安静地回想风华正茂的时候

蝴蝶效应

周言根

穿越数字的一只蝴蝶，美丽的
翅膀，扇出互联网的一缕微风
到中国的高山村，依然能吹出一
春天的花朵，那落地生根于安徽
的花朵，让离别家乡的人
一季季穿越千万里的追寻
能看到颤动的花瓣，浮出亲切的
茅草村庄，那原生的，淳朴的，宁静
的，来来往往都是沾亲带故人的村
庄，最高处，萦绕着土得掉渣的方言
的这方言，正是一个又一个人心里
盘旋的情，而那蝴蝶，翩翩，起舞
优雅地脱离着爱缘华，浪漫，流连着
的眼睛，飞越太平洋，大西洋，印度洋
过山的时候，是珠穆朗玛峰的剑
翼贴紧了它的翼
漂亮地奏出一曲清脆的和声

当再一次看红的风，掠过椰城的
森林，那一年五月我在森林的木屋里
静默地打字，我看见远处一片红
瓦的房子，点缀在大海与蓝天之间
被蝴蝶看红的海，簇拥成人类
跳跃的篇章
我会心地微笑，握紧自己的手

不知道还有谁到底把我珍贵的青……
秘密偷走，当我坐回北京某个大楼
朝北的十六层房子
那窗户外的阳光，再一次迎接了
蝴蝶，一天天
我又看见它越过山丘，越过河流
越过白发与青春的肩头
它还是那么欢快地在飞动
我能安静地回想风华正茂的时候

2020年5月于京

诗人档案

宁建（1968~　），北京房山人。首都师范大学数学系毕业。诗作散见《诗刊》《星星》《绿风》《诗潮》《诗歌月刊》《北京文学》等刊物。有作品选入《中国当代诗库》。著有诗集《平原上的羊》《月亮里的村庄》《从眼角落下的文字》。曾获《诗刊》社诗歌奖、《绿风》诗刊“西部的太阳”全国征文二等奖等奖项。参加了《诗刊》社第二十三届“青春诗会”。

孤　独

宁　建

在墙裙上刺绣。这里有世上最暗的光，和老人
坐在漫长的刃口上。生锈

一只蟋蟀来到方正的盒子里
它努力，弹动翅膀上的声音，把梦拉近
它把整个夏夜平原弹动得，这样凄婉、幽深

它还想把孤独推得更远一些
它差一点断掉一根
神经脆弱的琴弦
就像坐在黑暗里，一亮一亮的那个老人

作者：宋建

孤独

在墙裙上刺绣。这里有世上最暗的光，和老人
坐在漫长的刀口上。生锈

一只蟋蟀来到方正的盒子里
它努力，弹动翅膀上的声音，把梦拉近
它把整个夏夜弹得，这样凄婉、幽深

它太想把孤独推得更远一些
它差点断掉一根神经脆弱的琴弦
就像坐在黑暗里
一亮一亮的那个老人

诗人档案

阿卓务林（1976~　），彝族，生于云南宁蒗。参加《诗刊》社第二十三届“青春诗会”。中国作家协会会员。诗歌散见于《新华文摘》《人民文学》《诗刊》《民族文学》等期刊，入选《中国年度诗歌》《中国年度诗歌精选》等选本。获民族文学奖、云南文艺创作奖、边疆文学奖、云南日报文学奖等奖项。出版诗集《耳朵里的天堂》《飞越群山的翅膀》。

飞越群山的翅膀

阿卓务林

它们彼此靠得很近，互相呼唤着
它们的叫声嘈杂而有序，交响而合拍
就像非洲部落男女老少嘹乱的腔调
听来叽里呱啦，但绝对有情有义
它们队列整齐，喙骨一致，有一刹那
它们竟在天空排成一道狭长的幽径
多么优美的线条啊，可惜转瞬即逝
显然，群山之上的风暴是猛烈的
足以折断任何翅膀向远的目光
它们中的一只掉了下去，然后是两只
三只、四只……但它们没有掉转方向
向上，徘徊。再徘徊，再向上
它们终于从雪山的垭口飞了出去
它们中的一些，是一次飞越这个垭口
而一些，将会是最后一次

飞越群山的翅膀

它们彼此靠得很近，互相呼唤着
它们的叫声嘈杂而有序，交响而合拍
就像非洲部落男女老少嘹乱的腔调
听来叽里呱啦，但绝对有情有义
它们队列整齐，喙骨一致，有一刹那
它们竟在天空排成一道狭长的幽径
多么优美的线条啊，可惜翅膀即将
易折，群山之上的风暴是猛烈的
足以折断任何翅膀向远的目光
它们中的一只掉了下去，然后是两只，
三只，四只…… 但它们没有掉转方向
向上，徘徊，再徘徊，再向上
它们终于从雪山的垭口飞了出去
它们中的一些，是第一次飞越这垭口
而一些，将会是最后一次

阿卓务林

2007.4.18写
2020.4.9书 云南宁蒗

诗人档案

许敏（1969～　），安徽肥西人。中国作家协会会员。参加《诗刊》社第二十三届“青春诗会”。有作品入选《新中国60年文学大系·60年诗歌精选》《〈诗刊〉创刊60周年诗歌选》《〈星星〉50年诗选》等多种选本。曾获第二届中国红高粱诗歌奖、首届九月诗歌奖主奖、安徽文学奖等奖项。著有诗集《草编月亮》《许敏诗选》。

与落日书

许　敏

秋阳的悲正在于此，风吹动这些
落叶的乔木、灌木，没有哀悼的气息
万物都在挣扎。你也在说服自己
拒绝走进冰凉的石头与文字
在粗大的篱笆中间，落日以另一种方式
存在，以一种近似神灵的方式；
生活，因此安静下来，你内心的
卑微，隐忍，疼痛——荒凉着，孤独着
你已走过金黄的盛年，细碎的光闪烁
风越来越紧，要将这尘世收走
你一个人在秋阳下谛听天籁，飘动满头白发
群山比想象中还瘦，拖着最后的烟尘来见你
舌头下的睡眠加深，河流舒缓宁静
透着优雅，而冰山是一座教堂

在远方矗立，它是世界的一只巨眼
也是你的前世，知晓所有已知事物的命运
一刹那，落日烧红了天际
彤红的圆盘，沉沉地坠下去
一直沉到你的心底，钟声撞击
雀鸟四散，你用整个一生都没有找回它们

与落日书

许敏

秋阳仍悬已在于此，风吹动这些
落叶的乔木，灌木，没有哀悼的气息
万物都在挣扎，你也在说服自己
拒绝走进冰凉的石头与文字
在粗大的篱笆中间，落日以另一种方式
存在，以一种近似神灵的方式
生活，因此安静下来，你内心的
卑微，隐忍，疼痛——荒凉着，孤独着
你已走过金黄的盛年，细碎的光闪烁
风越来越紧，仿佛要将这尘世收走
你一个人在秋阳下谛听天籁，飘动满头白发

群山比你想象中还瘦，披着最后的烟尘来见你
古老下的睡眠加深，河流纤缓宁静
透着优雅，而冰山是一座教堂
在远方矗立，它是世界的一只巨眼
也是你的前世，知晓所有已知事物的命运
一刹那，落日烧红了天际
彤红的圆盘，沉沉地坠下去
一直沉到你的心底，钟声撞出
雀鸟四散，你用整个一生都没有找回它们

诗人档案

包苞（1971～　），本名马包强，甘肃礼县人。中国作家协会会员。甘肃省第二、三届“诗歌八骏”之一。2007年参加《诗刊》社第二十三届“青春诗会”。出版诗集《有一只鸟的名字叫火》《汗水在金子上歌唱》《田野上的枝形烛台》《低处的光阴》《我喜欢的路上没有人》《水至阔处》《留一座村庄让我们继续相爱》等七部。

一定，是有些心动

包　苞

一定，是有些心动，这个夜晚才不停地晃

年轻的月亮，貌美如刀
爱她，我就是无边的黑夜
梦幻染蓝的天空，被几颗星星钉在眼睛的深处
钻石的钉子，尖锐的疼痛
成全一个幸福的瞎子

一定，是有些心动，这个夜晚才不停地晃

一定，是有些心动

包苞

一定，是有些心动，这个夜晚才不停地晃

年轻的月亮，貌美如刀
爱她，我就是无边的黑夜

梦幻染蓝的天空，被几颗星星钉在眼睛深处
钻石的钉子，尖锐的疼痛
成全一个幸福的瞎子

一定，是有些心动，这个夜晚才不停地晃

——发表于2007年12期《诗刊》上

诗人档案

南子（1972～　），女，生于新疆南部地区。曾参加《诗刊》社第二十三届“青春诗会”。著有诗集《走散的人》，随笔集《洪荒之花》《西域的美人时代》《奎依巴格记忆》《精神病院——现代人的精神病历本》《游牧时光》《蜂蜜猎人》《游牧者的归途》等，著有长篇小说《楼兰》《惊玉记》。作品获“在场主义”散文新锐奖、西部文学奖诗歌奖、华语青年作家奖非虚构作品奖等奖项。现居乌鲁木齐。

匿　名

南　子

鱼是不说话的　也不咳嗽
但它却在整个的水里面
吐骨头

夜里新开的昙花是不说话的
三百里只熄灭一朵
对过往的香气有一丝谦疚

我喜爱的蜜蜂是不说话的
它随时射出的暗器
也只是褪了色的一根针

纸是不说话的　每天
它都在消除我变坏的声音
不多不少
像地上不飘浮的回声

匿名

南子

鱼是不说话的　也不咳嗽
但它却在整个的水里面
吐骨头

夜里新开的昙花是不说话的
三百里只想开一朵
对过往的香气有一丝谦恭

我喜爱的蜜蜂是不说话的
它随时射出的暗器
也只是折断了自的一根针

纸是不说话的　每天
它都在清除我唠叨的声音
不多不少
像地上不飘浮的回声

诗人
档案

胡茗茗（1967~　），女，祖籍上海，现居河北石家庄。中国作家协会会员。诗人，编剧。曾参加《诗刊》社第二十三届“青春诗会”。获2010年度中国作家出版集团奖、第三届中国女性文学奖、河北省第十一届文艺振兴奖、《诗选刊》年度杰出诗人奖等奖项。作品散见《人民文学》《诗刊》《钟山》《十月》等刊物及各种诗歌选本。出版诗集《诗瑜伽》《诗地道》等。诗集《爆破音》入选中国青年出版社/小众书坊“中国好诗·第五季”。

瑜伽　瑜伽

胡茗茗

我将身躯极尽全力伸展
然后下压
我要对抗的不只是隐痛
不只是僵硬
还有时间
我试图以疼对抗衰落
以诗对抗平庸
以水的冥想对抗火的浮躁
既享受盾又享受矛
我愿意听到这些骨头发出声响
它们让我感到我还活着
柔软地活着
像海底的水草对抗着海面的风暴

瑜伽、瑜伽

胡茗茗

我将身体，全力伸展，然后
下压，我要对抗的
不仅是隐痛，不仅是僵硬
还有时间，我试图以诗对抗平庸
以疼对抗衰落
以水的冥想，对抗火的浮躁
既享颜，又享受
我愿意听到骨头发出声响
它们让我知道我还活着
柔软地活着
像海底的水草对抗海面的风暴

创作于 2006年.7月

诗人档案

马万里（1966~　），女，河南焦作武陟县人。中国作家协会会员。鲁迅文学院第二十二届中青年高级作家研修班学员，曾参加《诗刊》社第二十三届“青春诗会”。有诗歌数百首散见于《诗刊》《诗神》《南方周末》等报刊。获得过国家、省、市级多项诗歌奖项。

鲜活的鱼籽

马万里

我的爱跟这人生一样漫长
一样短暂

我素衣寡言多年
我沾一身菊香
两袖露水

我多想是春天的迎春、夏天的莲花、秋天的雏菊、冬天的水仙
我多想是这春夏秋冬

而我常常抑郁、忧伤、失眠、绝望
常常看到荒芜闪电以及死亡的冷脸

我陈年的伤口隐隐发芽
我的句子漏干雨水
四处奔涌

我们猝然相逢
又匆匆走散
你不在
我的心空旷成苍茫的大海

我布满花纹的腹部
满是鲜活的鱼籽

鲜活的鱼籽

马万里

我的爱跟这人生一样漫长
一样短暂

我素衣寡言多年
我沾一身菊香
两袖露水

我多想是春天的迎春、夏天的莲花、秋天的
雏菊、冬天的水仙，
我多想是这春夏秋冬

而我常常抑郁、忧伤、失眠、绝望

常常看到荒芜闪电以及死亡的冷脸

我陈年的伤口隐隐发芽
我的句子漏下雨水
四处奔涌

我们猝然相逢
又匆匆走散
你不在
我的心扩成苍茫的大海

我布满花纹的腹部
满是鲜活的鱼籽

诗人档案

邓朝晖（1972~　），女，生于湖南常德。中国作家协会会员。五百余首诗作发表于《诗刊》《新华文摘》《十月》《人民文学》《星星》等多种文学期刊并入选若干年度选本。二十余万字散文、小说发于《文艺报》《西部》《湖南文学》《山花》《黄河文学》《延河》等。曾参加《诗刊》社第二十三届“青春诗会”。获湖南省青年文学奖、中国第五届红高粱诗歌奖、湖南年度诗歌奖等奖项。

秋　天

邓朝晖

秋天适宜睡觉
适宜醉生梦死
适宜怀念一个刚刚远去的人
栾树开出小黄花
花开在末梢
有重生也有沉醉
瓜果灿烂
冬瓜探出粉白的头
辣椒捂紧小心脏
葫芦、丝瓜、苦瓜有青色的肌肤
溪水从门前流过
有高山的寒也有地底的温润

一切都刚刚好啊
风送来白露之气
夜晚逍遥
没有神秘的来者
逝去的人浩荡地走在归途

秋天

秋天适合睡觉

醉生梦死

适合怀念一个刚刚死去的人

栾树开出小黄花

花开在末梢

有重生也有沉醉

瓜果灿烂

冬瓜探出粉白的头

辣椒捂紧小心脏

葫芦、丝瓜、苦瓜有青色的肌肤

溪水从门前流过

有高山的冷也有地底的温润

一切都刚刚好啊
风送来白露之气
夜晚清遥
没有神秘的来者
逝去的人浩荡地走在归途

邓朝晖
2020.3.26于湖南

诗人档案

李飞骏（1967~　），生于山东济宁。有诗作散见于《诗刊》《上海文学》《诗歌月刊》《人民日报》等报刊。2007年参加《诗刊》社第二十三届“青春诗会”。

汉　字

李飞骏

造字者仓颉
一定是位诗人
才会用形象感知世界
他的双瞳四目一定亮如火炬
方能洞穿万物的骨骼
我用汉字
把生活的五官都抚摸了一遍

每个象形文字
都有颜色、声音、体温和味道
三千汉字就足以
软禁你一生
查阅《新华词典》
我发现褒义词让我温暖

贬义词更加锋利
直达世界的本质

翻遍《二十五史》
充斥着冰冷的贬义词
亲人们需要我开口说话
我的诗歌已经失声

四十岁的男人
对贬义词怀有深深的敌意
我教女儿背诵褒义词
用以防身

我要挑选最阳刚的字
在理想中淬火
用批判现实主义之剑
护佑所有的褒义词
福如东海
长命百岁

汉字

李飞骏

造字者仓颉
一定是位诗人
才会用形象感知世界
他双瞳四目一定亮如火炬
洞穿了万物的骨骼
每个象形文字
都有颜色、声音、体温和味道
三千汉字就足以，软禁你一生
一个汉字就足以
让你在生活中历尽沧桑
查阅新华字典
我发现褒义词让我温暖
贬义词更加锋利
直达世界的本质
翻遍二十五史
充斥着冰冷的贬义词
亲人们需要我开口说话
我的诗歌却已失声

四十岁的男人
对贬义词怀有深深的敬意
我教女儿背诵褒义词 用以防身

2006.3.8

北京天空的金秋亮色

——北京斋堂第二十三届“青春诗会”侧记

唐　力

天高气爽，秋意正浓。2007年10月17日，正值党的第十七次全国代表大会召开期间，诗坛也迎来了又一次盛会——《诗刊》社第二十三届“青春诗会”在北京门头沟区拉开了序幕。

上午8点多钟，我拖着行李箱，赶往目的地：门头沟龙泉宾馆。当我从苹果园地铁口钻出来时，北京温暖、灿烂的阳光打在我的身上，一种异样的感觉油然而生：18位正从天南海北赶往北京的本届“青春诗会”的参加者，他们多年来，在地底下默默耕耘，胸怀理想和梦幻，修炼诗歌的技艺，终于有了一天，他们破土而出，迎来满脸的阳光。

第二十三届“青春诗会”部分学员与指导老师合影

在宾馆，我和《诗刊》社办公室主任张新芝先期抵达，领来房门钥匙，拿出资料，摆开“台面”，迎候各位诗友。随着一声浑浊的声音——“山东人民向你报到”，尤克利、

第二十三届“青春诗会”指导老师与学员们合影

孙方杰出现在我们的面前。这样，我们陆续迎来了其他诗友：熊焱、许敏、商略、唐诗、阿卓务林、邓朝晖、南子、马万里、陈国华、成亮、宁建、李飞骏、周启垠、包苞、胡杨、胡茗茗等。这没有仪仗的青春方队，将一齐走过诗坛的检阅台。

傍晚时分，《诗刊》社的工作人员：《诗刊》下半月刊的编辑部主任林莽，编辑蓝野、徐丽松，财务室的史岚，上半月刊编辑部副主任杨志学、编审周所同、美编杨炳湘等陆续到达，《诗刊》主编叶延滨、副主编李小雨在作协开完会后，也匆匆赶来。

当天晚上，举行简短的见面会，新一期的诗坛“黄埔军校”开学了。

18 位学员，18 枚音符，他们将在北京的秋天，在门头沟斋堂，谱写一曲绚丽多彩的青春旋律。

诗歌常在，青春不老

10 月 18 日上午举行开幕式。《诗刊》主编叶延滨、副主编李小雨、副社长王青风齐聚会场。9 点钟左右，诗人牛汉、李瑛，诗评家谢冕、吴思敬，莅临会场，让开幕式增加了不同凡响的分量。

“刚才在巷道上，看到指示牌写的是‘青老诗会’，我心想，他们怎么知道我们会请来四位著名的老诗人、老专家呢？”叶延滨主编幽默、风趣的开场白，引得大家为之一笑。原来是宾馆服务人员的疏忽，将“青春诗会”误写为“青老诗会”了，谁知歪打正着，还真不算错。开幕式在副主编李小雨的主持下进行。

被誉为“诗人的脊梁”的老诗人牛汉先生精神矍铄，虽历经风雨和苦难，依然不改诗人的本色。“我不是列席的，我是以青春的名义来参加‘青春诗会’的。”他认为，写诗，就有青春，青春是活生生的。

老诗人李瑛先生，这位诗坛的常青树，回忆往事，历历在目。童年的颠沛流离，刻苦求学；青年时的学生运动，风云激荡；壮年的军旅生活，波澜壮阔；以及“文化大革命”中的苦难岁月……他丰富的人生阅历，感染了大家。他对生死、荣辱、苦乐的深刻认识，震撼了大家。

作为一个创作活力永不衰竭的老诗人，作为一个永远在不断创新、站在诗歌前列的诗人，他鼓励年轻的诗人去创新，用新的表现方法、艺术手段、审美追求来写作，要有属于自己的艺术实践。

首都师范大学教授、著名诗评家吴思敬先生，希望诗人抵御商业社会的各种诱惑，要坚守诗的阵地，诗化生活，诗化人生。对于当下的诗坛现状，他认为是多元共存的状态，是多种声音、声部的分唱。对于内容和形式，他认为，自由诗就是要为每一首诗，设计一个最完美的形式。他比喻说，每一首诗都有它自己最合身的衣装，每一首诗都是内容和形式的高度和谐。

一直受电话骚扰不断的著名诗评家谢冕先生，终于结束了与手机的亲密接触，他的讲话铿锵有力，声音洪亮。他回忆起了在斋堂的生活，谢老还透露一个隐秘，他曾在斋堂公社当过办公室主任。他说，斋堂的美丽，让他“真想写诗”，但在那个特殊的年代，他们的青春是沉重的，不允许幻想、不允许做梦，但他又对诗一见钟情，私订终身，于是选择了诗歌研究。从此，诗坛少了一位诗人，却多了一个著名的诗评家。

《诗刊》主编叶延滨是第一届“青春诗会”的成员，当年也聆听了老诗人李瑛等前辈的讲话。他说，第二十三届“青春诗会”的成员是有福气的，请名家前辈来讲课，这在“青春诗会”是少有的，很是难得。他说，我们社会迎来了空前发展的机遇，诗人在这丰富多彩的时代，要好好把握，写出无愧于时代的辉煌壮丽的诗篇。他风趣地说，四位名家“不远六环”，重新参加了“青春诗会”，这是一个幸福的上午，希望大家永远珍惜。

俗话说：听君一席话，胜读十年书。“青春诗会”代表唐诗在发言中引用罗曼·罗兰的话说：“让我呼吸到新鲜的空气、呼吸到深刻的思想。”我相信，这是所有聆听到他们讲话的共同感受。

没有院墙的学校

18日下午，《诗刊》的林莽、杨志学、周所同、蓝野、唐力，各自分组召集手下的人马，开始谈诗改稿。他们讲解、探讨、交流、争论、推敲、修改，直到使稿件各具气象，各有特色，方才作罢。

10月19日，是重阳节，这是适合登高望远的日子。下午，诗会邀请了诗人、《诗刊》原编辑部副主任王燕生老师，诗评家、《诗刊》原编辑部主任朱先树老师来参加座谈会，在诗坛作了一次“登高的瞭望”。

鹤发童颜、有“青春诗会教头”之誉的王燕生老师说：诗会不是个人的活动，已是一个品牌，是年轻人向往的高地。“青春诗会”也是一个没有院墙的学校，他希望每一位诗会成员，“既来之，则提高之”。在随后的座谈和讨论中，“没有院墙的学校”真正体现出来了。

诗会期间，学员与《诗刊》老师们合影

朱先树老师说：诗与其他文体不一样，一个诗人，应该有思想、有文化，然后考虑诗怎么写，要发现自己，才有自己的发现。

《诗刊》下半月刊编辑部主任林莽，指出了当下诗坛面临的问题：第一，诗歌回归个人和自我，却陷入了无限制的自我复制。第二，无节制的口语化。第三，低俗化倾向。第四，诗人的自恋。第五，过分强调私密化。这些都造成了缺乏整体认知、文化和人文的追求。

然后他就语言细节、意象群的把握，语境、语言幻象，求新求变作了深入的讲解。他提出的写作的三个阶段：模仿的阶段、寻找自我的阶段、自我认知的危机感阶段，引起了与会人员的极大兴趣和讨论。

《诗刊》上半月刊编辑部副主任杨志学认为，现在诗歌的创新精神有所萎缩，缺乏浪漫的狂想式的大气度作品。他就诗歌在今天如何实现个人超越，在表达方式上真正达到形式化、陌生化境地，发表了自己的见解，并结合本届学员作品作了较为详细的分析。

《诗刊》编审周所同认为，诗意的最高境界是和谐，核心是“真善美”，它有两个翅膀：朴素和自然，只有从容不迫、淡定的品质，才能达到。然后他就诗歌的形象，感觉的层面、语言方式、个人的修养等作了生动的讲解。

老师们深入浅出的讲解、幽默的语言、平和的态度，使诗会学员渐渐地摆脱了拘谨和羞涩，加入讨论，会场气氛开始升温，热烈起来。大家就诗的抒情因素、女性写作、写作的阶段性、朗诵诗的艺术、口语写作等各抒己见，一时你来我往，刀光剑影，精彩纷呈。

最后，对于青年诗人们在语言、风格、审美的各不相同，创作上的多元化，《诗刊》副主编李小雨表示了肯定，针对当前写作中有弱化写作难度的倾向，她强调了诗歌技巧的掌握和运用。她认为，要避免以题材等诗的类型因素掩盖诗的难度写作，仅靠朴素的感情去冲击是不够的，写作要体现独特性、超前性，要运用新鲜的语言、独特的视角、丰富的想象力，去把握现实与人的精神世界的微妙关系，只有技巧的圆熟才能使诗歌达到更高的阶段。

诗意的旅途

天空依然蓝着它一望无尽的蓝，阳光依然明媚着它的明媚。秋天是北京最好的季节。

10月20日上午，驱车前往观光景点，来到被喻为“小九寨”的双龙峡风景区，乘坐森林小火车进入山林。大家或步行山间，寻幽探秘；或乘坐小船，沉醉于湖光山色。下午，大家来到爨底下村，村口，一个巨大的“爨”字书写其上，这就是爨底下村的标志。当地人编了一个歌谣，“兴字头，林字腰，大字下面架火烧”。让我们一下记住了这个少用的字。走进这个村落，你会觉得仿佛通过时光隧道，一下子走

诗会上的女诗人：邓朝晖、胡茗茗（前左起）；马万里、南子（后左起）

胡茗茗和南子

入了明清时期。这里保留着70余套、500余间明清时期的四合院民居。古老的村落，像一位历经沧桑的老人，遗世独立。古村布局合理，结构严谨、颇具特色。门楼等级严格，门墩雕刻精美，砖雕影壁，匠心独运，令人惊叹不已，频频留影纪念。

10月21日上午，继续驱车前往珍珠湖，在昨天晕车不已的四位女诗人，发挥一不怕晕、二不怕吐的精神，仍然跟随大部队，又令大家敬佩不已。珍珠湖是兴建永定河珠窝水库形成的湖泊，大家坐着机动船，在湖中驰骋。但见两岸山势陡峭，层峦叠嶂。湖水清澈碧透，平静如镜，蓝天、白云、高山、树影，静卧其中，恰似一幅天然的山水壁画，令人大饱眼福。下午，大家去沿河城攀登元代的瞭望塔，然后去游览了山峰犬牙交错、古道如线的“一线天”。据说电视剧《三国演义》曾在此拍摄，我的头脑中，立即闪出“华容道”。在这里，《诗刊》美编杨炳湘，以美术家的眼光，在地上搜寻着奇异的石头，带动着大家纷纷目光向下，寻寻觅觅，还真有不少人抱得美石而归。

晚上7点多钟，大家尽兴而回，在宾馆的风味餐厅，举行晚宴及闭幕式。席间，王燕生老师和胡茗茗合作了一曲《好人一生平安》，声情并茂，当唱到“谁能与我同醉？”感动得女诗人邓朝晖泪流满面。女诗人马万里即兴朗诵了自己的诗作。孙方杰表演哑剧，令人捧腹大笑。宴会渐入佳境，纷纷拿出绝活，李小雨老师的《跑马溜溜的山上》，朱先树老师的四川民歌《我望槐花几时开》，周所同老师的诗朗诵……无不令人大开眼界。最后，一曲合唱《难忘今宵》，把欢乐气氛推向了顶峰。

至此，诗会圆满结束。相信每一个人，都有了新的收获；相信每一个人，都有了新的梦幻；相信每一个人，都会把诗会当成新的起点；相信每一个人，都会把诗的火把，越燃越亮。

2007年10月31日于北京